JN204686

死ぬなら、京都がいちばんいい

小林玖仁男

GENTOSHA

はじめに

人生の目的はいろいろあり、どうしたら「幸福」になれるかを追い求めるのもその一つですが、人が本当の「幸福」をつかみ取るために大事な要素は、「不幸な体験」だと私は思います。

「不幸」はいろいろ教えてくれ、勉強にもなって、自分を成長させてくれます。そこには「鍛錬」があり、「技術の習得」があり、「感謝の念」も生まれます。

不幸を糧とし、幸福に通じさせることを諭した「災いを転じて福となす」の諺のとおり、「不幸」を好転させようとする意思や、苦労を伴った試練や、それらを経た豊かな経験こそが、人を「幸福」に近づけてくれるのです。

そういう意味で、「幸福な環境の連続」などは、成長の役には立ちません。

もちろん「幸福」は、楽しく、嬉しく、心を充足させてくれるものには違いありません。ですが、それだけの話です。

「幸福」でいると、それを感じなくなったり、もっと欲しいと不満になったり、我がままになったりで、ここに真の満足も、成長もありません。

このような思案をめぐらせるようになったのも、二〇一四年七月、私が不治の病の「間質性肺炎」に冒されていると診断され、余命は平均で約二年半、長くもっても約五年、という宣告を受けたからでした。

突然の難病告知に恐れ慄《おのの》き、死ぬという現実を見つめ、死の覚悟をこしらえていった過程は、前著『あの世へ逝く力』（幻冬舎刊）に書きましたが、余命宣告という〝大きな不幸〟をどう自分に納得させ、後悔なく我が人生を「幸せに終《しま》う」か……この模索はまさに、「不幸」を、真の「幸福」へと転化させる作業にほかなりませんでした。

「死」を無念と思い、諦め切れないでいても、無意味で不幸なままです。

死という逃れられない現実には、〝湿った精神論〟ではなく、前向きに受け止めようとする〝乾いた技術論〟を持って立ち向かうべき。

そう気づき、それを契機に、幸せな最期を迎える境地を得たのでした。

これもまた、どうしたら気持ちを前向きに明るく保っていられるかを考え続けた、「不幸な時間」「鍛錬の時間」のおかげです。

そうして、曲がりなりにも〝逝く力〟というものを達観してからは、私の心は波打つこともほとんどなくなり、ゴールまでの道を悔いなく精一杯歩いて行くのみ……と思って暮らしていました。

ところが、ある日、アクシデントが起こりました。

肺の病気「気胸」に罹《かか》り、咳が止まらなくなったのです。肺の中に空気が溜まって息ができなくなる病気で、「間質性肺炎」とはまた別物です。

「間質性肺炎」は、じわりじわりと肺の中の細胞が壊れていく病で、急に重篤な症状を示すわけではなく、それゆえ通院や薬を飲みながら普段の生活をどうにか続けていたのでしたが、初めて出たこの症状は何だか分かりません。

しばらくは様子見で咳を我慢していたら、どんどん悪化。緊急手術で肺の空気を抜いて、何とか処置していただいたのですが、それからは酸素ボンベのお世話になる生活になってしまいました。

携帯用の酸素ボンベから細く出ている二本のチューブを両方の鼻の穴に差し込んで、〝命のもと〟である酸素の供給を受ける生活です。外出時は、酸素ボンベを三本ほどキャリーバッグに入れて、それを引っ張りながらの移動。酸素ボンベは一時間半から二時間くらいしかもたないため、放出量の加減調節も大切で、何よりも三本もまとまると重いのなんの。体力がなくなっている身には本当に大変な労苦です。

「間質性肺炎」の末期では酸素ボンベの使用が不可避だと聞かされてはいたものの、予定外の〝前倒し〟。短い命は、さらに短くなりました。

酸素ボンベ姿で行動するようになった私に、友人たちは驚きの表情を隠しませんでしたが、やむをえません。そのとき、友人の一人が語りかけてきたひと言が、残り少ない私の余生をがらりと変えることになっていきました。

「小林君は京都が大好きだったよね。死んじゃうなら、最期に京都に住めば」

友人らしい屈託のなさで、思ったことを軽く口にしただけでしょうが、その言葉は、狼狽させるほどに私を激しく揺さぶったのです。

自分の「死」に際し、私は綿密なエンディングリストを作り、着々と実行しているところでした。死ぬまでに必ず「やりたいこと」「見たいもの」「食べたいもの」「会いたい人」……。叶えたいことの数々を何度も我が身に問い、残っているものなどないはずでした。

しかし、言われてみれば「京都に最期に住むこと」……それがもし叶うなら、いの一番に実現させたい願いにほかなりません。これまでに百回以上も訪れており、日本で最も好きな街、憧れの場所が京都です。

ただ、命の炎が小さくなっているときに、いくらバツイチ独身とはいえ、住居と仕事（さいたま市の料亭経営）を一切合財すべて捨ててまで引っ越すという発想が、私の頭の中に全くありませんでした。

しかし――。自分でも驚くべきことに、この荒唐無稽かつ無謀な夢を、即座に実行に移してしまったのです。

人間、生まれる場所は選べなくても、死に方や死ぬ場所は選べます。

ましてや昨今は、かつてと違って、お葬式事情なども人それぞれの望みに添うようにもなってきています。たとえば、自分が眠る土の上で一本の木になりたいと願う「樹木葬」、広い海へ遺灰を撒く「海洋散骨」、さらには遺灰入りカプセルをロケットに載せて宇宙空間へと向かう「宇宙葬」……などにいたるまで。共通しているのは、当人自身の思いを最大限取り入れた最期だということ。古い因習にとらわれることなく、誰にも遠慮や気兼ねは不要です。

それらと同様に死ぬ場所も選べます。私は好きな街で、最期はそこで思う存分暮らして、満足のうちに生を終えたいと思いました。
もしも「気胸」に罹っていなかったら、さいたまの店で難病を抱えながらできるところまで仕事を頑張って、目新しいこともなく、やがてそこで静かに死の床についていたことでしょう。酸素チューブは京都につながっていたと言うべきか、「災いを転じて福となした」のです。
最晩年に予期せぬ未来が加わりました。時間がないならなおさらのこと、「残りの日々をめいっぱい楽しもう」。それが私の結論でした。

人生の幕引きは、自分の好きに、自由のままに。

本書は、そうした思いのもとに綴った、いわば私の〝終《つい》の棲家づくりの記〟です。死は誰にでも訪れるもの。人は皆、余命という余生を生きているのだと言うこともできます。自分の余生の終わりをどう迎えるか。少しでもそのことを考える参考の書となるならば、著者として嬉しい限りです。

それと、もう一つ。

私は人生最後の至福の体験を噛みしめるにあたって、次のような問いを〝大好きな京都〟に投げかけました。
○最期に味わいたいものは、何か。
○最期に見たいものは、何か。
○最期にやりたいことは、何か。
○最期に行きたい場所は、どこか。等々……。
それらを一つ一つ拾い上げて、その理由などを辿っていったのですが、原稿を先取りして読んだ親しい人々から、「人生の終わりに欲するものこそホンモノ」「京都でこの体験をしなければ死ねないね」「自分も死ぬ前には、小林さんのようにぞんぶんに生を味わいたい」……などといった感想をもらいました。

「ナポリを見てから死ね」ならぬ「京都を見てから死ね」のような、〝究極の京都ガイド〟としても読めると言われたのです。私があえて意図したわけではありませんが、それならそれで、その要素も持つ本として活用していただけたら幸いです。

いずれにせよ、おそらく人生最後の著書になるだろう本書に、「悔いなく生きる。人生を謳歌する」そういうメッセージを、今を生きる人々に向けてたくさん込めたつもりです。

それらが一人でも多くの方に届きますように、と願ってやみません。

小林玖仁男

死ぬなら、京都がいちばんいい　目次

第2章
「終の棲家」生活の極意
本当の自分がわかる――。

第3章 最期の京都がもたらす幸せ

京都のココロをつくる——。

第4章

京都の街に溶け込んで生きる

春夏秋冬の暮らしの中で――。

第5章
悔いなく人生を全うする智恵
京都が教えてくれること――。

第1章

そうだ、最期は京都に棲もう

急展開の決心——。

千年の古都、京都にあるもの

私が京都を「終の棲家」の地に選んだ理由として、最期に暮らす所は、呑気な田舎ではなく、自分を刺激し続ける地であって欲しいという思いがありました。

京都は、すべてに優れている街です。

○まず旺盛な「食」があり、圧倒的にすべてがおいしい。
○ゆるぎない「歴史文化」もあって、あちこち散策するのも楽しい。
○発信し続ける「芸術」があり、見ごたえもある。
○そして都市としての「成熟」があり、それが人を刺激しノウハウを提供する。
○毅然とした「勝ち組」都市の主張があり、自信がみなぎっている。

京都とは、そういう街です。

私にとって、これほど条件が整った魅力的な街はありませんでした。

私は、「終の棲家」にこういうことを求めたのでした。

とにかく京都は魅力が満ち溢れています。季節感や年中行事がきちんとあって、毎日のように歳時があって、四季に暮らす自分を確認していけます。こういう土地は世界中にないのではないでしょうか。

もし、健康なうちに「終の棲家」に移り住むのなら、選択肢はもっといろいろあったでしょう。山でも、海でも、海外の大都会でも、健康なら地理的なアップダウンも大丈夫。そして、畑仕事でも、陶芸でも、スポーツでも、何でもできます。

しかし病の中の「終の棲家」はちょっと事情が変わります。ギリギリ最期まで暮らせる利便性が第一条件となります。

また、人が来たがる魅力も大事です。誰も来てくれないと寂しいですからね。

だから、京都は「終の棲家」として、おススメの地なのです。

「余命の中で、京都を『終の棲家』に選んで、エキサイティングな刺激の中で大勢の友人も遊びに来て、賑やかに楽しく人生を謳歌して終わりたい――」と決断したときのワクワクした気持ち。期待とワクワク感だけでも、もはやこの〝企画〟は成功です。

それに私のこの大胆な移住については、友人の間でもけっこう評判になっていて、実際、多くの人に羨ましがられています。

「人も羨む最後の甘い生活」――。

こういう選択ができたことは、とてもラッキーでした。

トントン進む話は大吉

迷信と笑われるかもしれませんが、行く方角が「吉方」かどうかも大切だと思います。何しろ人生の最後になって大変換をやろうというのですから。

京都移住を決意したとき、その点が気になって、知り合いの占い師に易《えき》でみてもらったところ、私にとって西の方角、すなわち京都の方角は大吉でした。その占い師とは長年親しいおつきあいがあり、ここぞというときには、いつも適切なアドバイスをもらいます。これで私の気持ちも吹っ切れて、じつに潔く今までの考えをすべて切り捨てることができました。

しかも、その占い師は、こうも言いました。

「小林さん、店で頑張っていても店はこれ以上良くなりませんよ。今まであなたは頑張って、良くできる点はしてきました。今でも直らない欠点があればもう直らないと思ってください。やることはやりました。これからは頑張ってもその分、ストレスで寿命が縮まりますよ。あとは自分のために生きてください」と。

強い口調で断言され、私の「いざ京へ」の決心もいっそう固まったわけです。

友人に「京都に住んだら」と言われたのが、二〇一六年の七月二十二日。占い師に「大吉」と言われ、京都で住む物件を決めたのが九月二十六日。十一月七日には、さいたまの店をたたんで引っ越していました。我が人生でもかなりの強行で快速のスケジュール。もちろん余命との戦いですから急がないとなりません。思い付きから二か月で、故郷も、会社も、捨てるという「離れ業」のような暴挙に出たのです。

今、思うと、この話はすべてトントン拍子でした。トントン進む話は大吉です。人生の終わりを迎え、自分のこれからを自分仕様に変えたいときに、思い切った決断ができて良かったと思っています。

気持ちをたたむ

今までの欲望や思いを捨て切れなければ、京都には行けません。キーワードは、「あの世には何も持っていけない」です。

私は料亭を営んでいましたが、仕事に未練を残しても、残り時間は待ってはくれません。仕事も何もかも、「最後は天命に委ねる」と、このくらい割り切ることが大事だと思いました。

もう先のことはできません。これからの短い人生を、「きちんと楽しむことに集中しよう！」こう舵を切り直しました。

人生は最終舞台です。最終章のテーマはもはや「事業経営」ではなく、「人生のまとめ」です。

これまで積み上げてきたものは、すべからく〝中途半端に〟終わる。それが「死」ということ。「あとは野となれ山となれ」とは言いませんが、さまざまなことに思いを残して引きずっていくことはもうできないのです。

死んだあとを慮《おもんぱか》ってもどうにもなりません。

私は私の時代をやり終えて、後は人に任せます。これからは我が人生をどう悔いなく終《しま》うか。そのことだけを考えて生きていきたいと思いました。

仕事をたたむ

引退の時期は、会社員なら、会社の定年によって決められますが、個人事業主は自分で判断します。

私もその個人事業主の一人で、無理して頑張ればギリギリまで店でアレコレ指示していられましたが、京都行きを決意し、信頼できる人に後を任せて引退することにしました。

正直に言えば、死んでいく身にとって、会社の行く末は心配です。心配になればなるほど、さらに社員の査定も厳しくなり、アラばかりが目立ちました。腑甲斐ない社員には任せておけない。こういう気持ちも強まっていったのは事実です。しかし、今さらジタバタしても時間はない。頑張ればもっと良くなるということもないと、ばっさり思いを絶ち切りました。

私には事業を継いでくれる姪がおりますが、すべてを任せられるような後継者には育っていないので、友人の食の専門家に顧問をお願いして後継人になってもらいました。きっちりサポートしてくれるよう頼んだのです。

事業の後継をどうするかはいちばん大事な問題ですが、自分の思うようには間違いなくいきません。区切りをつけて託す英断が必要です。

キーワードは、何と言っても「あの世には何も持っていけない——」です。

私の京都行きは、ある意味、必要な偶然だったのかもしれません。人にも、「小林さんが頑張っても、急に店が、良くなることも、悪くなることもないよ。心配するとストレスで寿命が縮まるから、引退して良い。あなたは充分、頑張った」と言われました。

自分をコントロールするのですら難しいのですから、人のやる気や能力をコントロールするのはもっと難しい。というよりムリかもしれません。この先のことも分かりません。思ったとおりにはいずれにしてもなりません。

それに「案ずるより産むが易し」とも言います。

心配してもその効果がないのなら、乱暴でも、思い切って任せてしまったほうがいい。私は、こう腹を括りました。

家をたたむ

死ぬ前に誰もが思うことは、遺品の整理です。

自分の持ち物は、「昔、使っていた要らないもの」と、「間違って買ったもの」と、「もらったもの」。大事なものは、ごくわずか。ほとんどがゴミです。捨てるタイミングを逸して存在するものを、できるならば「スッキリ捨てたい」。その手っ取り早い機会が引越しです。ツイていることに、私の場合、遺品整理のための「引越し」と、「終の棲家」のニーズが一致しました。

「終の棲家」に要るものは、最低限の身の回りの品だけ。靴も二足、靴下も六組もあれば充分です。他には形見になるものと家電品があればよい。引き取り手がいそうもないものは全部捨てました。一生分の垢を落とすような気持ちで整理しました。

こうやって選別して、「残すものは残し、新居にはほとんど何も持って行かない」。最期の仕分けを敢行して、住み慣れたマンションを引き上げました。最期の「断・捨・離」です。こうしておけば遺族にも迷惑がかかりません。身軽になるほどに生への執着もなくなりました。

捨てるほどにスッキリして、なくなるほどに楽しい気持ちが湧いてきました。

持ち物をたたむ

洋服や本や雑貨は捨てましたが、ネクタイは人にあげました。

ネクタイもゴソッと残ればゴミですが、生きているうちに形見として差し上げれば「思い出」の品になります。自分用はもはや五本もあれば充分。どなたにどれをと選んでいきましたが、これは楽しい時間でした。

私は郷土玩具のコレクターとして少しは知られている身で、倉庫が埋まるほどの収集品を所有していましたが、店に飾るための「一定量」は確保しつつ「質的」に良いものは、若い郷土玩具研究家で、イラストレーターの佐々木一澄さんに差し上げました。私がいなくなれば、店では誰も詳細に説明できませんから、名品も「猫に小判」です。貴重なものは資料として、活かしてくださる専門家に引き継いでもらったのです。

食器は、愛用の器をいくつか選んで、「終の棲家」に持って行き、現在も使っています。そして、差し上げると喜ばれそうな器があると、京都の地でまだ買っています。私が最後まで愛用していたという付加価値も付くし……などと、勝手な言い訳を自分にしているのですが、本音のところ、何でも「引き算」の暮らしは寂しいですから、増やすものもあっていいと思います。

そういう気持ちで、腕時計も買い足しました。なぜ腕時計かというと、形見として差し上げる中でも上物だからです。腕時計は「特別に大事な方」にと思いますが、何本もあれば「特別に大事な方」を増やせて、楽しさが広がります。

友人の腕で私はずっと思い出です。そしてそこで新しい時を刻み始めます。こういう意味合いに私はワクワクしてしまいます。

形見とは、差し上げて喜ばれるために存在します。

そんな風に自分の身の回りの品々の「嫁入り先」を決めていくのは、本当に楽しい。自分でもちょっと呆れますが、買うのも、あげるのも、私は好きなのです。

「終の棲家」をつくる楽しさ

前の住まいに、ゴミとストレスは捨ててきました。

煩わしいしがらみも、面倒くさい付き合いも置いてきました。

新しい土地で、まっさらな気持ちで、新しいものやことに囲まれて新鮮に暮らす。「終の棲家」計画のスタートです。

さて、どこに住むか？　これも好き放題です。

必要なものは京都の地でいちから買い揃える。こういう最期の贅沢をしたいと思いました。と言っても大したお金はかかりません。心機一転のメリハリが少しだけあれば充分です。

この年になって賃貸物件を探すなんて思ってもみませんでした。「間取り、地の利、家賃。そして好み」。部屋を選ぶというのは、未来のある人の特権だと思っていましたが、先のない人が考えてもいいのです。

利便性をいちばんのポイントとして決めた物件は、ほぼ京都の中心地と言える西陣のマンションの一室。間取りは、一人住まいですが2LDKにしました。一部屋はゲストルーム専用にして、誰でもいつでも人が泊まれるようにしたかったのです。

一階には、夜十時まで営業のスーパーがあるので買い物にも便利です。自分だけのマイカートを購入し、部屋からカートを押しながら買い物に出かけて、買った商品はレジ袋にも入れずにカートのまま帰って来ることができます。

ごく最小限の気に入った家具だけを、元の住居から持ってきましたが、新しい住まいの寸法に合わせて棚等は買い揃えました。大きなテレビも買いました。テレビを観るのもあと短い時間です。せめて大迫力の感動という贅沢はしてもいいと思いました。それに大型テレビならば、きっともらい手もいます。

「買うのは喜んでもらってくれるもの」。これがキーワードです。

形見でもらってもらえればいいという理由をつけながら、家電を買い替えたり、新天地の生活のための準備は、とても楽しい時間でした。

最後に、今までやりたかった小さな贅沢も幾つかしました。ヨーゼフ・ホフマンの一人掛けソファーを買って、四十年来憧れていた照明付きの天井扇も付けて……。こういう新しいワクワクが最後の引越しにはありました。

「一つたたんだら、一つ開いて――」。

このメリハリが気持ちいいのです。

要らないものをすっかり処分した上で、人生の終わりに本当に欲しいものを手に入れるというのは、気分が上がって、思いのほか健康にいいと確信しました。

ざっとそれらにいくらかかったかというと、ゲストルームにベッドを二つ買って、家具と家電も少し買って、百万円くらいかと思います。海外旅行に行く程度の出費です。

歴史の上に立って息をする

京都の歴史は平安京への遷都から始まります。

七九四年に桓武天皇が遷都した記念に建立されたのが「平安神宮」。東寺もその頃に建てられ、八〇五年には最澄が比叡山延暦寺で天台宗を広めました。その灯火が今なお燃え続けています。九五一年には府下最古の木造建造物である醍醐寺の五重塔も完成し、八六九年には祇園祭も始まりました。舞台は鎌倉時代から室町時代へと移り、一三九七年には北山文化の金閣寺が建てられました。また一四八二年には銀閣寺が建てられ、東山文化が爛熟します。

ところが、一五七一年には信長が延暦寺を焼き討ち、戦国時代には京都も巻き込まれます。そして、一七〇八年には宝永の大火、一七三〇年の西陣の大火、一七八八年の天明の大火、一八三〇年の大地震。数々の戦いや災害にさらされる京都ですが、何よりも、一四六七年から十一年間続いた応仁の乱は洛中を焼け野原にしてしまいました。壊滅的な被害を受けても、その度ごとにたくましく復興を遂げる京都のパワーには圧倒されます。

私の住むマンションは、古地図を見ると聚楽第の跡地。私が寝ている所を秀吉が歩いていたのかもしれません。隣の小さな寺は親鸞旧居跡です。そういう歴史の舞台の中に住める「終の棲家」を選びました。私は今、親鸞と同じ空気を吸っている気になります。

「朝起きて　どこに行こうか　何をするか　サイの目振るごと　一日始まる」

私のへたくそな短歌ですが、歴史や年中行事や特別公開もあって、お楽しみは無尽蔵に湧いてきて尽きません。

あの歴史の点と、この時代の線が、この地で結びつく。

そういう面白さが京都なのです。

第2章

「終の棲家」生活の極意

本当の自分がわかる――。

「終の棲家」は、第三の青春

新しい土地で、まっさらな気持ちで、新しいものやことに囲まれて新鮮に暮らす。「終の棲家」のスタートです。

ストレスもゴミもすべて置いてきた。面倒なしがらみも置いてきた。このすがすがしさを何と表現すればよいでしょう。老い先が短くなったら、余計な我慢はしなくていいと思います。

我慢は修行のために必要なもので、修行の時代はもう終わりとしました。

食事にしても、嫌いなものを食べることはない。好きなものを選んで、残り少ない食事を楽しく食べたい。つまり、「嫌いなものやことは排除して、好きなものだけを享受しながら生きて良いのだ」。こう思います。

すなわち、「好きなものだけに囲まれて暮らすことができること」――これが「終の棲家」の基本条件になります。忍耐は不要です。もう我慢する必要がなくなりました。
京都で私がすることに何の制約もありません。明日、どこへ行こうが何をしようが思うまま。これから始まるのは予想もできない「京ものがたり」です。

「終の棲家」をどこに定めるかも、その人の自由です。

自然の中で畑をやるも良し、古民家を借りて陶芸の窯をつくるのもいい。ニューヨークやパリに移り住むのもカッコいい……。外国で暮らすのもアリですね。

自分なりの「終の棲家」を探してみてください。どこに住んでも家賃と食費はかかりますから、今いる所に執着する必要はありません。

いつもの場所で、いつもと同じ頭で、いつもの人々と、いつものように暮らしても、いつもと同じ。何も変わらないし、何も生まれません。しかし、予期せぬ新鮮な何かが生まれるのが「終の棲家」です。

欲を言えば、健康なうちのほうがもっと良かったですが、ままならないのも人生の面白いところです。

「終の棲家は、第三の青春である」。私は、こう定義しました。若い日々、本当の「第一の青春」があって、大人の時代、すなわち充実した仕事が開花した「第二の青春」があって、この最終の「第三の青春」で、パッと花開かせて悔いなく散りたい。そう思っています。

とはいえ、自分はどのくらい元気で過ごせるのか？　これは未知です。半年かもしれません。一年かもしれません。案外、長く元気に暮らせるかもしれません。

しかし「永遠」はないということは知っています。

一日一日を大事にして、この時間を楽しむのみです。

ココロの立ち位置が大事

私の難病は、発見されてから平均で二年半から長くもって約五年で死ぬとされます。すでにもう四年が経過しており、そろそろお迎えが来てもいい時期ですが、最期まで明るく元気に余命を生きるには「ココロの立ち位置」が大事だと思っています。

「生きたい」「頑張りたい」という〝前向きな思い〟と、「死を覚悟する」「悔いなく終う」という〝終わりの気持ち〟。このバランスが、充実した余生のために必要です。

「奇跡が起こり、必ず助かる」と思うのも大事ですが、奇跡は容易《たやす》くは起こらず、死を認めたがらない分だけ、ジタバタ足掻《あが》くような苦しい臨終になってしまいがちです。そうかと言って「もうダメだ」と諦めるのも、何か負けたようで潔くない――。だから、健全な死生観のためには、どちらにも傾かないバランス感覚を持つことが何よりも大事なのです。

死ぬことになって、私はこの立ち位置のバランスを上手にとることをいちばんに考えました。玉乗りのイメージです。

京都に終の棲家を構えたのは、もちろん、京都を最後の地とし、ここで死にたいという気持ちがあったからです。その反面、京都ならパワースポットもあり、好きな場所というメンタルな面での好転もあって、治るかもしれない、と信じたい気持ちもありました。おそらくその両方があって、京都を選んだのでしょう。

自分の心の中を正直に覗けば、この選択には、「延命の効果」くらいはあると期待しています。とはいえ、それは「現実的な死の覚悟」を忘れさせるほどでもありません。

「淡い期待」と「冷静さ」。「根拠のない自信」と「常識的な覚悟」。これを併せ持つ立ち位置。分かりやすく言えば、死ぬことは変えられない宿命でも、死ぬその日まで生き方は前向きに変えられる、という考え方です。

そうした基軸を持っているか否かが、〝終の棲家〟の暮らしを平穏に成り立たせられるかどうかのカギになる、と私は思います。

明るく元気で暮らす三か条

体は日に日に弱っていき、半年前、一年前と同じ体力はありませんが、これを気にしても仕方ありません。体力が落ちていく分を、違う何かでカバーすればいい。それには三つあると分かってきました。

◯一つ目は「気力」です。気力は「頑張る意識」ですからいくらでも高められます。これは「ハート」から出します。

◯二つ目は「胆力」です。逆境に立てば立つほど出てくるクソ力です。年を重ねると、この胆力の使い方が上手くなります。腹に一物を持って、腹に力を入れての「腹」ですから、胆力は「腹」から出します。

◯三つ目は「技術力」です。病気を克服する技術とは、たとえば私の場合は、酸素ボンベの使い方です。ボンベには吸入口と吸出口に用途が違う二種類があり、さらに、運動量によって放出する酸素量も適切に変えていくと、酸素ボンベが長もちするし、酸素の調整で体もいたわれます。これは「脳」で考えます。

この「気力」「胆力」「技術力」で、体力をカバーしている感じです。困難が知恵を生むもの。やすやすと負けるわけにはいきません。

友人に「体はどう?」と聞かれると、「気持ちだけは元気だから」と、返事はすべてこれで統一しました。

このアンサーならば友達も安心してくれ、かつ、ウソではありません。とても重宝する言葉ですから、覚えておいてください。

もう一つ。気持ちを元気に保つには、こんな考え方もあります。

それは、自分の死は「まだマシ」と思うことです。死に方にもいろいろありますが、選ぶことはできません。多くの場合は、病と診断され、闘病の末に亡くなる「進行性の病」ですが、ほかにも「事故死」「突然死」「災害死」などさまざまです。

「どんな死に方がいちばんいいか?」死なないのがいちばんいいのですが、人は必ず死にます。健常者が病人に、「死ぬなんて思っちゃいけません」と生きることを押し付けますが、死なない人はいません。私たち病人に言わせると、「治したい」という気持ちと同じくらい「死ぬ覚悟」をつくることが大切なのです。

死んでいくときに大事なことは「自分の死を納得させること」であり、「自分の死は、他の人よりまだマシ」という気持ちだと思います。

何だか卑屈なようですが、死を納得させるためには、何でもアリなのです。

私は間質性肺炎という難病になりましたが、「事故死」や「災害死」のように、何の準備もできないよりはずっとマシ、ずっとありがたいと思っています。

人には片付けたいことや、やっておきたいこと、残したいことがたくさんありますから、時間的な猶予があったほうが幸せなのです。

さらに、本音を言わせていただくと、難病、不治の病というのも潔くて気に入っています。闘病をしても勝てるとも限りません。もしそのときに勝っても、再発という恐怖の中を生きなければなりません。

自分の死に方は選べませんが、その死に方を、他の死より「まだマシ」と肯定し納得させ、その条件の中でどう最善を尽くすかということを考えるのは、かなり大事だと思います。

無理しないという人生観

気胸になったのは、咳き込んでいたのに「我慢し過ぎた」からです。今までの人生では「我慢は大事」としてきました。しかし死ぬことになって、今までの価値観を百八十度変え、もはや無理をしてはいけない。無理は厳禁という人生観にしました。

もともと私は名言の類が好きで、その時々に必要な言葉を仕入れ、その教えを指針として、かなり忠実に従いました。

たとえば王貞治氏の「努力は必ず報われる。報われない努力があるとすれば努力が足りないのです」とか、松下幸之助氏の「進歩は無限であると考えて取り組んでいけば、際限なく進歩していくと私は思う」……などなど。

比較的新しいところでは、体操の内村航平さんの「まだ限界ではない」を仕入れました。前向きでいい名言だと思ったのです。

けれども、咳が止まらず、苦しくても我慢し、気胸になった背景には、どうやらこの名言をそばに置いていたことが起因していたようです。

「我慢は美徳……」と思っているうちに悪化の一途。金メダリストの言葉なんて病人にはもってのほかでした。健康なときならば、自らを鼓舞する人生訓にできたでしょうが、病人には無益な言葉でした。

後日、この話をお医者さんにしたら、「オリンピックのアスリートの言葉なんてマネしないで、早めに病院に来ないと……」と、笑われました。「じつは〝諦めなければ失敗とは言わない〟という名言もゲットしていたんですが」と言うと、

「そういう負け惜しみは言わずに」とお医者さん。失敗と認め、撤退すべきときには撤退すべきなのでした。

確かに、潔い前向きな言葉に今までずいぶんと励まされ、得をしたことも多かった、そう思います。しかしながらこれからは違います。

「明日のある言葉」「できると信じる言葉」はもうNG。今までと価値観が大きく変わり、前向きが正しいとは限らないゾーンに入ったのです。そういうことを思い知らされました。

ただし例外として、この〝気づき〟に逆らうことを一つだけしています。

それは何かというと、ロータリークラブの会長を一年間やることになったのです。長年、同クラブに在籍して、いつか会長をやってみたいと思ったことはありましたが、難病になり、そんなことはもはやムリです。ところが先ごろ、仲間たちから会長職のオファーが届いたのです。健康上の理由で難しいと固辞したものの、皆さんから返ってきたのは「死んじゃってもいいからやりなさい」「死んじゃうからこそやりなさい」という言葉。
ありがたい友情をいただいたので、頑張ってみることにしました。
こういう〝積極的な無理〟というのも、延命力になるような気がしたからです。

「楽しいこと」「やること」を作る

「死ぬ」ということは、大変なことだと思っていましたが、不幸をずっと考え続けるのは嫌ですし、人は不幸にやがて飽きていきます。おかしな感想かもしれませんが、「死」を考えるのもそのうち飽きます。

どうやら人間の脳は、楽しいことを考えるようにできているようで、不幸をずっと考え続けるのは不得手。そういう脳のメカニズムを逆手にとって、楽しいことを見つけましょう。

楽しむためには、楽しいことがズラッと並んでいないとなりません。三百六十度、周り中に「楽しい」のソフトが配されていて取り放題という状態です。それが〝終の棲家〟の理想のカタチと言えるかもしれません。

そういう意味では、京都には、楽しいことが「やり切れない、食べ切れない、観切れない」ほど用意されている。「幸福のタネが尽きない状態にある」。こういう周到さが京都にあると思います。私は京都を〝終の棲家〟に選んで、本当によかったとしみじみ感じています。

とにかく、〝終の棲家〟で何もせずボーっとしているというのはいけません。体力がなくなっても、できることを考えておく。趣味など何もない人は「やることを考えて作っておく」。これが大事です。

死の床の経験はこれからなのでよく分かりませんが、死んでいく時間、最後の入院期間はとても長いようです。やることがないと気持ちがどんどん滅入りそうですから、早いうちに楽しい「やること」をゲットしておくことです。

私の場合、病気が発見されてすぐに、やり始めようと思ったのが短歌です。

さまざまな思いを三十一文字に凝縮させ、削ぎ落としてまとめるという世界が、死んでいく心境となぜかフィットして、心地よい気持ちになれました。

友人に言わせると「短歌はまったく才能がなく、やめたほうが良い」とのこと。きっと当たっているのですが、才能がないからこそ出来の良し悪しが自分で見えず、けっこう良いつもりで続けてきました。

そんな短歌生活。京都に引っ越して環境が変わったら、溢れんばかりに湧いて出ました。一か月で百首も詠んだでしょうか。ちっともうまくなりませんが、「自分が生きた証」として詠んでいます。

○一人暮らしできる体じゃないかもしれぬが日の暮れぬうち京都へ移転
○段ボール切って貼ったる表札は私の最期の大事な最初
○甚平とカンカン帽に雪駄履き俄か京都人にしきを歩く
○「小林さん　あんた幸せよ」と友が言うみんな死ぬのにチヤホヤされて

○枯葉ゴミ人ゴミというから人もゴミゴミがゴミ見て紅葉狩り
○一人ゆえ調子悪くも苦しくも「大丈夫?」と聞かれないのが「ラク」
○死ぬまでに遣り切れないことばかりだが缶詰くらいは食べきりたいか
○前を向きまだ間にあうをやれば良し死ぬその日まで修正可能
○人生は攻めでありたい最期まで前向きに生き前向きに死す

もう一つ、二十年ぶりに「ハガキ絵」を始めました。これなら「もはや歩けない」という状態になってからもできます。ハガキに私のコレクションの郷土玩具を描いて、さらに色紙や扇子にも描いて、知り合いに形見で遺したいと思っています。

ベッドに伏してからは、本を持つ力があるうちは、山岡荘八の『徳川家康』を読破する予定です。寝ているだけになったら、NHKアーカイブスで『おしん』を一気に見直したいと思います。今まで撮ったデジカメの画像を、一枚一枚、名残惜しそうに見るのも最期の頃に考えています。そして人生の最後の最後、もう何もする力もなくなったら、ヘッドフォンで、アルファ波の出るモーツァルトを聴きながら、瞑想状態の中でまどろみつつ静かに逝きたいと思います。このヘッドフォンはちょっと高くても音のいいものにしたい……。

こうやって、幸せのタネを見つけながら、時々の体力に合わせた「逝くプログラム」を計画的に作っておく。これもまた楽しい「やること」です。

新しい人の輪はパワーのもと

私の場合はバツイチ独身ですが、奥さんと一緒に新天地を目指すというのも楽しいと思います。場所が変われば気分も変わって、新しくという気持ちも強くなり、夫婦もさらに理解し合い仲良くなれる。そんな気がします。

今までのしがらみも、腐れ縁も、ストレスも断ち切って、心機一転やり直す。

これが「終の棲家」の醍醐味です。「終の棲家」では、何をやるにしても、新しい出会いがあり、新しい可能性が生まれます。

私は、新天地で新しい友人を見つけることに期待していましたが、京都に来てさっそく、聡明な女性に出会いました。

一人は、京都に来て三年になる四十代の女性。命に大事なのは腸内環境だと痛感し、腸内研究家になられた方でした。どこか気が合って、「小林さんの病気を私が治してみせますね」と、彼女は嬉しいことを言ってくれます。

そして、「京都はパワースポットだらけだから、その霊気が体に良いですよ」などという話もしてくれ、「ほら、鞍馬に行ったら咳き込まなくなったでしょ」と。言葉には説得力があるので、いつも私は聞き入ってしまいます。

その方の仲間には、気功師やら、菜食研究家やら、医師やら、健康ブレーンがたくさんいて、病気持ちの身には、やたら頼もしいお友達です。

もう一人は、西陣の帯屋のお嬢様。五十代の着物の似合う女性です。この方は大変なグルメで、どこの何が美味しいかをすべて把握していて、味噌はここ、漬物はここと教えてくれ、予約の取れない料理屋を取ってくれます。市中の名店は顔パスが利き、私まで特別扱いをしてもらって、ありがたいことです。

他にも、私の古くからの友人の写真家で、この本の写真を撮ってくれた林さんが私の家の鍵を預かってくれ、イザというときに備えてくれています。

また、知り合いの息子さんが同志社大学にいて、いつも友達三人と掃除のアルバイトをしてくれています。

新天地でも自分を取り囲むサポートチームができつつあります。

古いご縁を捨てると、新しいご縁が生まれます。

古いものを断ち切り、新しい絆。新しい友情。新しい出会い。新しい生活です。

中京区
蛸薬師通新町

第3章

最期の京都がもたらす幸せ

京都のココロをつくる――。

「幸福」は得やすいように揃えて出される

美味しいお寿司を食べるたびに私は思うのです。

「北から南まで、まったく異なる旬の魚を、どれもこれもみんな新鮮な状態で、一貫ずつ並べて、よくぞ提供してくれるものだ」と。

すべて生ものなのに、すべて鮮度良く、全国中の最高の魚が多彩に握られていて、その桶いっぱいの宇宙に感動すらしてしまいます。

じつは、この段取りが大変な労力なのですが、人はあまり感じません。

寿司を食べたいと釣りに出かけても、釣れないかもしれないし、烏賊だけかもしれません。鮪も、鮑も、雲丹も、穴子も、一斉に揃うなんてことはありえませんし、そのためには「周到な手間と準備」が必要なのです。

たとえば、こう考えると分かりやすいかもしれません。ハイキングに行ったとして、「貴重な高原植物の開花を何種類も見て、おまけに天然記念物のニホンカモシカにも遭遇して、お天気も快晴で、遠くアルプスの山々を見渡せ、素晴らしい日だった」という夢の演目の連続のようなことは普通はありません。何も見ず、何も出会えずに、終わるということのほうが圧倒的に多いはずです。

絵に描いたような感動とか幸福を並べ立てるには、あらかじめ仕込んでおかないとなりません。それらが、京都ならばしこたまてんこ盛りに仕込んであるのです。

器は清水焼の大皿で、職人は名だたる名人で、鯖は鯖街道から来ていて、他の鮮魚も都・京都に逸品が集められ、酒は伏見の銘酒で、お茶は宇治の銘茶で、隣の京都人の京都弁を聞きながら、はんなりとした気持ちで食べる……と、ありがたいブランドや物語が幾重にも取り巻かれた環境なのです。

そういう「密度の濃い、完成度の高い、感動の提供」が、京都の神髄です。私は京都のそこに圧倒を感じています。

「千年の古都を歩くと、五重塔があって、そこを舞妓さんが歩いていて、人力車も通り過ぎて、店ではお団子を焼く匂いが嗅覚を刺激し、道行く人の京都弁ははんなりしていて、風に乗って桜が舞っていた」なんていう、「五感を幾重にも刺激するような濃い楽しさ」が、ニセモノではなく用意されている。

幸福が、得やすいように加工されて、年間を通して段取りよく提供されていく。こういうのは京都だけの「秘儀」ではないかと思うのです。

「あと少し」を愛おしむ

死ぬことを上手く受け入れると、死ぬ前の経験は一期一会の最後の一回です。たとえばすき焼きを食べても、それはおそらく最後のすき焼き。「今までで いちばん美味しかった」と心から言ってもいいわけです。これが、まだ先に何回もすき焼きを食べる機会があるならば、「今までで いちばん美味しかった」、とは言い切れません。

だから最期だとすべてがありがたく、素直に感謝できます。死が近づくほど人生は高まり、輝いていくのです。

私の場合、平均だと長くてあと一年の余命。死ぬのを病院のベッドで待つ時間もありますから、家にいられるのは九か月くらいでしょうか。二百七十日、二百七十回の夕食。外で美味しいものを食べられるのは、週に二回とすると七十二回。そう考えるとあまり時間はありません。

けれども、時間がないことは悪いばかりではありません。ないほうが楽しいという境地にも辿り着きました。

たとえば、缶の中にビスケットが入っていたとします。食べていけばやがてなくなりますが、味わっている今は美味しくて楽しい。少なくなってもまだありますから、あるうちは愛おしくて楽しい。あと少しになっても、最後の最後を味わうのも楽しい。そういう境地です。

そしてビスケットがなくなったときに、人生も終わるように計算しておけばいいのです。最後だと思うとずっと美味しく、いつまでもあるより大切にするし、感謝も大きいのです。そういう境地です。

残量が決まっているからこそ、この愛おしい時間は人生でいちばん充実している。こう思えます。

残りが少なくなるほど、価値は高まり、楽しさは濃くなる――。

最期になればなるほど、人生は濃縮され、楽しくなっていく――。

そのことに素直に感謝しながら、私は京都での食事を五感全体で思う存分味わっていこうと思っています。

やりたかった夢を叶える

私には、これまでずっと保留にしていた京都での食の夢が一つありました。

「錦市場」には数え切れないほど行きましたが、そこで食材を買ったことは今まで一度もありませんでした。鱧《はも》、松茸、鮑、京野菜……。美味しそうでも、夕飯の店はすでに予約しています。「いつ食べるの？　どこで作るの？　無理でしょう！」。料理することを目的に、京都の食材をいっぱい買い込むという経験がありませんでした。

一度、京都に暮らして、好きなものを買って、好きに料理を作って、「夢の落とし前をつけたい」ずっとこう思っていて、「終の棲家」暮らしを始めてすぐに、私はこの夢を実現させました。

東京から友人たちを呼びよせ、なんと三日で四十点の料理を作りました。料理人の端くれとしてやりたい放題です。

そして、友人が訪ねてくるたびに、私は彼らを引き連れていそいそと「錦市場」へ買い出しに。

いつもだいたい同じルートを回りますから、買い物も決まっていきます。まず入ったらすぐの八百屋で「京野菜」を買って、次の魚屋でここにしか売っていない「マグロの大きな焼物」を買い、先の惣菜屋で、百グラム単位で「おばんざい」をいろいろ買う。最後の魚屋では「お刺身」を買って、他には「漬物」だったり、「おでんのタネ」だったり、友人と一緒にその日の気分で決めていきます。

京都に好きな人を招いて、地元の食材で好きなものを作って、好きな器で京都の食事を友達と楽しむ——。

憧れの京暮らしの中に、今私はいます。

■**錦市場**　京都市中京区富小路通四条上る西大文字町六〇九
京都錦市場商店街振興組合　TEL〇七五-二一一-三八八二

はも焼
錦
天然 祝鯛
錦 魚力
はも焼
加盟店
錦 魚力
名代 はも照焼
祝鯛
魚力
祝鯛
はも照焼
天然 祝鯛
はも茶漬
茶漬

パワースポットの宝庫

私が京都を「終の棲家」に選んだのには、パワースポットが多いからということもありました。

心の奥を覗けば、難病に効くかもしれない、延命効果があるかもしれないという一縷《いちる》の望みが、京都を選んだ最大の理由だったのかもしれません。

パワースポットとは、大地の〝気〟がみなぎる場所であり、エネルギーを与えてくれる不思議な場所のこと。

霊場や聖地や権力者の住居は、当時の力を持った陰陽師が最高にパワーのある場所を選んだ所なのだそうですが、京都はそのパワースポットの宝庫です。

京都のパワースポットの三強と言われているのは、世界遺産の「下鴨神社」と、牛若丸の「鞍馬山」と、鳥居で有名な「伏見稲荷大社」。

私はこれらパワースポットの不思議な力を信じています。信じる者が救われるかどうかは知りませんが、〝人生の旅〟の途中まで救われれば充分。永遠なんてないのですから——。

京の中でも強力なパワースポットといえば「鞍馬」です。ただ残念ながら鞍馬は山の中。生活の便がよい手ごろな賃貸物件などありません。セカンドチョイスとして、聚楽第跡という強い運気を持つ今の住居におさまることになったのですが、何も住まなくとも鞍馬に足繁く行くことはできます。

嬉しいことに、鞍馬には宿屋もあって食事もできる「くらま温泉」があります。とりわけ、ここの露天風呂がいい。宿泊は一泊二食で一万七千円（二名一室）ですが、露店風呂だけなら大人千円、子供七百円で利用できます。

【鞍馬駅⇕くらま温泉】の便利なシャトルバス（所要三分）があり、電車の発着に合わせて随時運行しているからアクセスも悪くありません。

鞍馬の土地に立つと、ここは別格のパワースポットだと感じ取れます。霊気に囲まれて森林浴をしながら、露天風呂に身を任せる……。満天の星に抱かれるの

峰麓湯
女湯
くらま温泉

はじつに気持ちがいいものです。

私の友人のある女性も、くらま温泉の大ファンなのですが、彼女は「くらま温泉を買いたい」と言います。何とも突拍子もない野望、そうとうな贅沢。言ってみただけのようですが、そう思いたくなるほど、本当に身も心も休まる場所なのです。

■**くらま温泉**　京都市左京区鞍馬本町五二〇
TEL〇七五-七四一-二一三一

器の愉楽

京都といえば「おばんざい」で、「お番菜、お晩菜、お万菜」と書きます。

大地に根を下ろしたこの食文化、いいですよね。京野菜の出番で、鰹節、昆布、椎茸の旨味で京風に煮しめます。

京都では、食材はみんな「お」や「さん」付けで呼びます。油揚げは、お揚げさん。稲荷は、お稲荷さん。里芋はサトイモさん。牛蒡はゴボウさん。何ともはんなり雅な呼び方には、食べ物に対する感謝と慈しみを感じるというか、何より涎《よだれ》が出てきそうです。

器がまた楽しい。

「器は衣装。お味は化粧。香りは微笑」

なのです。おばんざい屋では、お似合いのオベベを着て、ズラッと並んでお客様を待っています。

京都のおばんざい屋で、お店自慢のおばんざいを賞味するとき、それぞれの味が盛られている大ぶりの器を見るのも一興です。色・柄・形。どのような器を組み合わせて並べられているか。その調和もまた、味を引き立ててくれるものです。

長らく料理屋を営んできたので、私は料理の器にはちょっとウルサイというか、料理に器が合っていないようだと気持ちが落ち着かないところがあります。持ち物すべてを断捨離してやって来た京都。器も、本当にお気に入りのものに絞って最低限の数だけ持ってきたはずだったのに、友人たちを迎えるたび、料理をふるまうたびに、思うような器に盛れないたびに、一つ二つと新しい食器を京都で求めるようになっていきました。

終の棲家だというのに、食器でどんどん手狭になっていく台所。自分でも忸怩《じくじ》たるものがありますが、「これらの器も私の形見になるのだから、形見は多いほうがいいのでは」と勝手な理屈をつけて目をつぶっています。

京都暮らしでしみじみ悟ったのは、私は心底、器好きなのだということ。器集めを止めたら生きがいを失くすも同然ということでした。

だいたい、余命がどんなに短かろうとも、この千二百年の文化の都にいて、美しい器に目をくれないことなどできません……。

年に数回、清水焼のセールが開かれます。また、弘法大師の月命日にあたる毎月二十一日には、東寺の弘法市があります。毎月二十五日は、菅原道真公の誕生日と命日で、北野天満宮で天神市があります。京の二大骨董市と呼ばれるこれらに、私に足を向けないでいろというのは酷な話です。それに元々〝縁日〟とは、神仏がこの世と〝縁〟を持つ日。この日に参拝すると大きな功徳があるといわれています。だから行かなくては、とも思うのです。

買う器選びには私なりのルールをもうけています。色艶、形（フォルム）、厚み、柄や絵付けの上手さを見て、まず自分なりの値段を胸のうちで決めてみる。そして、私が決めた値段より安ければ買い、高ければ買わない。もちろん私の「値踏み」まで値段を下げるなら買う、となります。

これは器に長年寄り添ってきた私の〝器の買い方の極意〟でもあります。

これならムリして買うこともなく、ムダなものを買わなくなるし、買いたい値

段で買えるのです。器を愛してやまない同胞の方たちのご参考になれば幸いです。

■北野天満宮天神市　京都市上京区馬喰町

TEL〇七五-四六一-〇〇〇五（北野天満宮社務所）

京都のまん中、至福の和菓子

京都で足繁く市中を歩き回るのかと言ったら、そんなことはありません。友人でも来ない限り、一日家の中で過ごすことも多いのです。と言っても、京都にいるには違いありません。一歩出れば京都の空気というだけで、たとえ出かけなくても、胸は満足感でいっぱいです。

「あーここは京都だ。埼玉県人が京都人になれた。嬉しい」と、思っています。

私の「終の棲家」は、「中立売通」という京都御所と聚楽第を結んだ通りにあります。ここが京都の中心地だったわけです。

これまでのさいたまの家では、近所に「文化の匂い」のするものなんて何一つありませんでした。今はすぐそばに有名な史跡も美術館もある。京都御所をはじめ、安倍晴明の晴明神社も、樂美術館も、とらや本店も近くです。

そういう贅沢な京都のまん中に住んでいますので、文化や芸術の厚みが、今までとまったく違います。ここにあるのは本物だけ。これらがずっと逃げずに、生涯、私の周りに存在すると思うだけで、うっとりしてしまいます。

予定がなくて家にいる日でも、窓を開けて、京都御所のつくった酸素を吸うだけで豊かになるのです。

家からほんの五分歩いた所には「塩芳軒《しおよしけん》」という名門のお菓子屋さんがあります。京都では高級な菓子店を「和菓子屋」さん、庶民の店を「おまんやさん」と呼びますがここは「和菓子屋」さんです。

お茶事用のお菓子は、普通は予約制ですが、ここではつくりおいて売っています。それだけお茶事のお客さんをたくさん持っているわけで、こういう豊かさがなんとも京都らしいのです。家でお抹茶を楽しむとき、ここのお菓子は、「終の棲家」暮らしのつれづれに欠かせない品となっています。

そもそも、和菓子の成り立ちにはいくつかの道がありました。

平安時代の宮廷文化を彩った有職菓子《ゆうそくがし》は、年中行事の菓子として豊かな菓子文化を築くことになります。その一方で、中国からは仏教と一緒に菓子がやって来ました。饅頭は禅僧がもたらした食文化なのです。

そして、茶の湯の発達とともに和菓子は一気に成熟。南蛮渡来のカステラや金平糖は、織田信長にいち早く献上されたことでしょう。神社仏閣にも菓子は供えられ、信者はお下がりをありがたくいただきました。それが参道の茶菓子屋へと発展していきました。

宮中、中国、茶の湯、南蛮、神社、仏閣……さまざまな道を辿って今に至る和菓子。そのどの系譜も、遡ればすべて京都にぶつかります。

今宮神社の参道に千年前から店を出していると伝えられる〝あぶり餅〟の「一和」は、神社系。今、食べられる最古の和菓子ですから、ゆっくり味わいたい一品です。

また、京都に来たら絶対に行くべき「おまんやさん」が、北野天満宮近くの「美福軒」の〝京もなか〟。おじいちゃんがやっている老舗の最中屋さんで、かつて「京都一美味しい」と教わって、受け売りで人にもそう教えていますが、野趣のある素朴な味は期待を裏切りません。

そして、他にも美味しい条件を満たしています。

まずは古くて渋い佇《たたず》まい。老舗の風格。手作りにこだわる。手でアンを詰めている。腰の曲がったおじいちゃんという、この道ひとすじ感。高くない。儲けていない。店は大きくない。最中は大きい。信用できる。こういう要素がいっぱいあって、お客はここの最中にはまる……。

美味しいかどうかは、物語があるかどうかでもあり、その物語に共感できるかどうかも大切です。

そして、こういう佇まいの「おまんやさん」が京都にはたくさんあります。買いに行くと、おじいちゃんは丁寧に見送りをしてくれます。あまり作れませんから、有名になりすぎませんように。

■**塩芳軒**　京都市上京区黒門通中立売上ル飛騨殿町一八〇
TEL〇七五-四四一-〇八〇三
■**一和**　京都市北区紫野今宮町六九　TEL〇七五-四九二-六八五二
■**美福軒**　京都市上京区中立売通六軒町西入三軒町六五
TEL〇七五-四六二-七七六一

室礼の京都だから

京都は「室礼《しつらい》」が優れています。

「室礼」とは「設《しつら》える」こと。季節や歳時を決まりに合わせてコーディネートすることです。この専門的な仕事をした家が、公家の「冷泉家」。藤原定家を祖とする古い家に、京都の「室礼」が伝わっています。

「室礼」の基本は、宮中行事の「五節供」です。一月七日が「人日の節供」。三月三日が「上巳の節供」。五月五日が「端午の節供」。七月七日が「七夕の節供」。九月九日が「重陽の節供」。それぞれに意味と飾りが決まっていました。

この伝統行事は江戸幕府にも伝わり、幕府の式日（祝日）にもなりましたが、きちんと伝承しているのが京都です。

他にも歳時ごとに飾りの決まりがあり、そこに家々や地域のアレンジが加わって「室礼学」はちょっとしたブームです。

京都には生活の中にも「室礼」があります。

町屋では、夏になると襖をはずして簾をかけ、畳はイグサの敷き物にして「涼」を演出しました。こういう文化が今もしっかり根付いています。

私は「室礼」を研究して三冊の専門書を上梓しました。たとえば、節分の床の間に、どんな軸をかけ、どんな鬼の面を合わせ、どういう花を飾るか、という工夫が室礼です。決まりもありますが、それぞれの工夫もあって、個性が発揮できます。

「室礼」の調度備品が揃うのが京都です。有職の職人が作る宮中のものや、伝統的な郷土玩具、職人の華麗な細工物など、合わせたい道具が、骨董や新品でたくさん売っています。さすがですね。

自分の興味を満たしてくれる、そんな恵まれた環境で暮らすことの充実感は例えようがありません。

京都駅、恐るべし

京都に住んでいても、地元に用事があり、週に一度はさいたまに帰ります。当然ながら往復で京都駅を使いますが、その威容、迎えてくれるたびに息を呑みます。

京都駅は、駅としての歴史は古く開業は明治十年。新橋・横浜間に次いで、京都・神戸間が古い。今の京都駅も一九九七年の作品だから、もう二十年が経っています。しかしいつ見ても新しい。いまだかつてない、きっと世界的にない、劇場的な空間です。大階段は一七一段が天に向かって伸びていて、見るたびに血湧き肉躍る建築物です。ゾクッと武者振るいする建造物は、私の場合、丹下健三氏の「東京都庁」と、原広司氏の「京都駅」なのです。複雑なミラーパーツで構成された建築。これも京都らしさ。ここが観光の玄関口です。

駅の複雑な鏡が映しこんでいる京都タワー。昭和三十九年にできて、早五十四年です。正直、タワー単品としては嫌いですが、京都駅の壁のミラーにやさしく包括される姿は悪くない気がします。

全国中の駅で、〝駅なか美術館〟があるのは、東京駅の「ステーションギャラリー」と、京都駅の美術館「えき」だけしかありません。ちなみに、全国中の百貨店で、常設美術館があるのは、横浜そごうと、京都伊勢丹。この二つだけです。京都駅構内には美術館だけでなく劇場もあります。「京都劇場」がそれで、駅なかに劇場を持つのは京都駅だけです。

昔、原宿が中高生の街になり始めたとき、街づくりの専門家が「美術館と劇場をつくらないと、街の文化が滅茶苦茶になってしまう」と言っていたことを思い出します。原宿はその後、チャイルドジャックされ、修学旅行生の観光土産横丁のようになりましたが、ファッションで復活を遂げたから良かった。しかし、渋谷や新宿のような文化都市にはなりそこねました。

いずれにしても京都駅は、芸術文化で揺るぎないナンバーワンだと言っていい。とにかく布石が万全なのです。

B1F

楽しみは京都駅の食

京都駅の十階に「京都拉麺小路」があり、十店の名店が一堂に集まっています。ラーメン横丁は、かつてはアチコチの街にもありましたが、ずっと続いているのは、本家、新横浜の「ラーメン博物館」と、京都のここだけ。

ご当地メニューを駅に一堂に集めるやり方はよくあります。たとえば宇都宮駅の「宇都宮餃子館」。仙台駅「牛たん通り」など。しかしこれはご当地のグルメの紹介という仕事です。

京都は、外国人の多い都市として、〝日本の食文化〟を世界に発信するのも大事な役目。日本の食文化で、最もバリエーション豊かで、日々進化している「ラーメン」に特化し紹介しています。国際都市・京都が、人気ラーメンの最高峰を紹介するのは、意義がある仕事です。

さらには、京都は「抹茶ソフトの激戦区」。各店しのぎを削っていますが、私の〝御聶屓ソフト〟も、京都駅の中にあります。京都駅西改札口前のフードコートのソフトクリーム屋さん「中村藤吉本店」。お茶屋さん直営の超人気行列店です。

ソフト四五〇円はコストパフォーマンスで日本一だと思うのです。味は抹茶・ほうじ茶・バニラか、そのミックス。ここに白玉とアンコがトッピングされます。コーンとカップが選べますが、ポン菓子のツブツブ入りのカップがおススメ。

美味しくて、行きと帰りの二回食べる価値があり。必ずハマります。

行くとき、帰るときに、京都駅というアクセントがあって、京都らしさはさらに楽しくなるようです。

・中村藤吉京都駅店NEXT　京都駅西改札口前スバコ・JR京都伊勢丹二階

TEL〇七五-三五二-一一一一（JR京都伊勢丹大代表）

ご案内
NFORMATION 向导
喫茶とお茶やお菓子をお求めのお客さまは、右手エスカレータで上がって左手の〈中村藤吉京都駅店〉をご利用ください。
For those customers who would like to enjoy café and gift shop of 〈Nakamura Tokichi Kyotoekimise〉.Please go up stairs with taking the escalator on, your right.
AKE OUT
以帯走
中村茶
中村茶
House Blend Tea
JAPAN
うじきんソフト
軟雪糕
Uji Kin Soft Serve Ice Cream

朝から京都を堪能す

観光客が新幹線で、朝早く東京を発って京都に来る場合、京都駅には、おおよそ八時半から九時の間に到着することになります。東京からたった二時間二十分で京都です。こういうアクセスの良さがあるから、友人も気軽に来てくれる。大自然のまん中ではこうはいきません。

京料理の店はまだどこも開いていませんが、京懐石「瓢亭」まで足を運べば、午前八時から美味しい朝粥が食べられます。この朝粥、「夜遊びした京の旦那衆が、芸妓さんと連れだって早朝に来店したことでうまれた」のだとか。何とも粋です。

店の歴史は四百年。一休みの腰掛茶屋として暖簾をあげ、創建当時の草葺《くさぶき》屋根の茶室が今も残っています。

ミシュランで三ツ星を取り、ミシュランガイドに出ましたが、その際、十四代

当主の高橋英一氏は、

「出る出ないはよう言わんけど、まあ出ぇへん方がええわなぁ」

として掲載をやんわり拒否。しかしミシュラン側は、掲載を強行したことでも知られています。

京懐石の朝粥は、四千五百円（税サ込）。やや高いと思う向きもあるかもしれませんが、この値段で京懐石の神髄を堪能できるなら幸せなことだと思うのです。

ところで新幹線が京都駅に滑り込むときに、いの一番に出迎えてくれるのが、古都のランドマーク、東寺の五重塔。約五五メートルと、木造建造物では日本一の高さで、これは空海の大事業です。度重なる落雷により、今の五重塔は寛永二十一年（一六四四年）に再建された五代目。よくぞ五回もこんな大木を見つけて、よくぞこの地まで曳《ひ》いてきたものです。そう思いながらこの塔を見上げると、その偉業が肩にのしかかってきます。宗教っていったい何なんだ。できないことを五回も可能にした。まさに不死鳥です。

先日の朝は、ちょっと早起きして、東寺で行われる空海の「生身供《しょうじんく》」に参加しました。五時四十五分頃、人々が集まり、まず弘法大師へ食事が運ばれてきます。その後、僧侶が赤い袋を持って登場し、袋に入っている釈迦の遺骨を授けてくれるのが生身供のハイライト。明日も、明後日も、この先ずっと、この儀式は続いていくのです。

心安らぐ悠久の儀式が終わっても、京都はまだ朝の六時。
大好きな京都を見て回る時間は十分にある。楽しい一日の始まりです。

■**瓢亭**　京都市左京区南禅寺草川町三五　TEL〇七五-七七一-四一一六
■**東寺五重塔の「生身供」**　京都市南区九条町一　TEL〇七五-六九一-三三二五

10号車
N700系

「大和坐り」の仏さま

体が元気だった頃は、京都観光をする外国のお客様を必ず三十三間堂へお連れしました。

桁行《けたゆき》が一一八・二メートルというお堂に、本尊千手観音坐像が安置され、その左右十段の長大な仏壇には、千手観音立像一千体が安置されています。この迫力に、派手なリアクションで驚く外国人を見て、私は日本人としてどうしても「ドヤ顔」になります。この快感がたまりませんでした。

しかし仏師たちは、こんなにぎょうさんよく作ったものです。中には運慶の嫡男、湛慶というビッグネームも。そして今日までの長い間、こつこつと直し続けられていることにも驚きます。

修復は、毎年約十五〜四十体ずつやっているそうですが、もちろん一人の修復師が全生涯かけても間に合いません。多くの人の壮大な陰の執念で文化財が大切に守られていることに胸を打たれます。

さまざまな仏像に囲まれて、京都で生きているのだと思うと〝終の棲家〟で心の安寧が少なからず得られている気がしています。

三十三間堂の他にもう一つ、ぜひにとお客様をお連れするのが大原の三千院です（ここは山の坂道を歩きますから、体がきつくなってからは、クルマでお連れしたら私は下の駐車場でお待ちすることが多くなりましたが）。

三千院は、伝教大師の時代から一千年以上の歴史を持っています。紅葉や苔が人を誘《いざな》うこの癒やし寺には国宝・阿弥陀三尊像がいらっしゃって、向かって左の勢至菩薩と、右の観音菩薩が「大和坐り」をして人々を迎えてくれます。

「大和坐り？」

この坐り方は、膝を開き、上半身は前屈みで、少し腰を浮かせた形です。亡くなった人を浄土にお迎えに行くとき「さぁ迎えに行こか、よっこらしょ！」と立ち上がろうとする、その「よっ！」の瞬間が「大和坐り」なのです。

少しでも前に屈んで人に近づき、救いの手を差し伸べているとも言われます。見ると惚れ惚れします。

「いいでしょ！　こういう姿勢が」。仏に生まれたからには、こうでなければ。差し出された手の温もりが、伝わってきそうです。

「♪～京都大原三千院　恋に疲れた女がひとり」という歌がありましたが、御仏が伸ばすその手のことを、作詞した永六輔氏は知ってのことだったのでしょうか。

■**大原三千院**　京都市左京区大原来迎院町五四〇
TEL〇七五-七四四-二五三一

金と銀と

絵が好き。そして、私は写真を撮るのも好きです。

最期の入院生活に入って起きられなくなったら、それまで撮り溜めた写真をデジカメから繰り出して、日がな一日、一枚一枚見ながら穏やかに過ごそうと考えていることは、すでに述べました。

もし京の冬の雪を撮るならば、……やっぱり「金閣寺」です。

何といっても、白銀と黄金の取り合わせ。これほど眩しい被写体はありません。

しかしながら相手は、雪という自然現象と当日の天候。積もるのは年に数回あるかどうか。雪が降りそうな夜明け、早起きして金閣寺の門に並び、開門と同時に走り、人が踏んでいないうちに撮らなければなりません。富士山カメラマンが「ダイヤモンド富士」に命を賭けるように、金閣寺カメラマンは「雪の金閣」に命がけ……。

若い日から幾度となく旅行で京都を訪れてはいても、私はまだそのような写真を撮れていません。ぜひ渾身の一枚を、と願う気持ちは大きいものの、体力を失いつつある今の身では見果てぬ夢か。金閣寺とは、私にとって勝負の寺と言えます。

室町幕府三代将軍・足利義満が、南北朝の合一の絶頂期に建てたのが金閣寺。そして孫の八代将軍・足利義政が、金閣を意識して造営したのが銀閣寺です。見た目には金色なのと、そうでないのとに分かれますが、建築に興味を持つ私の目には、どちらも楼閣建築の最高峰。

ただし、特に銀閣寺には、東山文化の集大成が見られます。美意識が成熟した分、孫による銀閣のほうがやはり優れているようです。

何よりも銀閣寺には、「売り家と唐様で書く三代目」の倣いと言うべきか、〝終焉の美〟があります。

自分が人生の最終盤にさしかかっているがゆえ、今までさほど感じなかったそ

の美に気持ちがより共鳴するのでしょうか。

いずれにせよ、〝雪の金閣寺〟に勝るとも劣らない、銀閣寺の〝終焉の爛熟美〟。

「歴史から我が人生を見つめたり」。こういう京都に満足しています。

■**金閣寺** 京都市北区金閣寺町一 TEL〇七五-四六一-〇〇一三

■**銀閣寺** 京都市左京区銀閣寺町二 TEL〇七五-七七一-五七二五

第4章

京都の街に溶け込んで生きる

春夏秋冬の暮らしの中で――。

葉桜の頃

京都の私のイチオシはと言えば――、
○冬の寒さなら、雪の「金閣寺」。
○夏の涼なら、貴船の「渓流」。
○秋の紅葉なら、「永観堂」。
○春の桜なら、「哲学の道」です。
京都の桜は、全国的に見ても種類が多く、変化に富み、歴史の生き証人でもあります。西行法師が植樹したといわれる勝持寺。豊臣秀吉が行った「醍醐の花見」の醍醐寺。徳川綱吉の母、桂昌院が植えたしだれ桜の善峯寺《よしみねでら》など、時々の権力者や人々の想いを、京都の桜は語り継いでいます。

それぞれの桜がそれぞれの趣で、見る人を迎えてくれますが、五百本の桜が静かに川辺に並んでいる「哲学の道」の風情の奥ゆかしさに私は惹かれます。二分咲き、五分咲き……、満開時はもちろんのこと、葉桜の頃の散りゆく花びらが風に舞う風情も趣深いものです。

私にとって京都は隠居所ではなく最期の青春の地ですから、近しい友人たちに、「早くに遊びに来ないと死んじゃうよ。死んでから慌てて来て、涙流して、手を合わせても、意味がないんだから、今のうちだよ」と、しつこく京都に来るように強要。その甲斐あってか、京都ブランドの魅力なのか、終の棲家の初めての春にも、いろいろな方たちがお花見に来てくださいました。

そういう中に、若手シンガーソングライターの工藤慎太郎さんもいました。日本有線大賞新人賞を獲った彼は、私の地元・埼玉県川口市輩出の歌手なので、ずっと応援している仲なのです。

東日本大震災（二〇一一年）が起き、全国中に人々が支援の輪を広げたあのときに、居ても立ってもいられなかった私は、南三陸町と深いご縁ができました。

南三陸町に工藤さんを紹介し、彼が支援ソングをつくったことがありました。できあがった曲は、地元の人の魂を揺さぶる素晴らしいものでした。

――その彼が、「京都の桜を見に行きたい！」と言って、終の棲家に私を訪ねてくれたのでした。

深夜バスで月曜の朝に来て、水曜の夜のバスで帰るまで丸三日も私の家にいました。親子ほど年の離れた歌手が一つ屋根の下にいる！　というちょっと不思議な空間でした。とはいえ、彼は彼で昼はアチコチ一人で積極的に出かけていたので、私も細かなことは聞かないうちに、あわただしく帰っていきました。

数週間後、私は思いがけず彼から一つの〝桜の歌〟を受け取ることになります。タイトルは『葉桜の頃』。それは彼が私のために作ってくれた歌でした。京都滞在中、彼は一生懸命この歌を創作してくれていたのだと思うと、ちょっと鳥肌が立つ思いでした。

人は誰でも皆、自分の足跡をこの世に遺したいと思っています。

永六輔氏の言葉に、

「人は二度死ぬ。一度目はこの世から消えた時で、二度目はみんなから忘れられた時だ」

というのがあります。人は、死んでもみんなの記憶に残っていたいのです。

一般的には、自分の子供が最高の作品です。お子さんさえ遺せればそれで充分ですが、私は子供がいないので、本を遺しました。しかし、何と、自分の歌が、慎太郎さんのアルバムの中に遺ったのです。

京都だから来てくれた友。

京都だからいただいた曲。

京都だから得られた生きた証――。

工藤さんの歌の歌詞は、次のようなものでした。

「葉桜の頃」

桜舞う　花びらの中
駆け抜ける　赤いランドセル
木漏れ日の　光を浴びて
眩しさに　そっと目を閉じる

残された人生を「悔いなく生きよう」と
誓ったとき　春の風が吹いた

華やいだ季節を振り向くこともせず
私は歩く　葉桜の頃　涙はみせない
川面のせせらぎを　流れゆく花びら

海へと渡れ　願いを乗せて
誰かの笑顔になるように

通り雨　人ごみの中
駆け抜ける　傘もささずに
雨宿り　肩を並べて
忙しさに　そっと目を閉じる

限りある　人生を「優しく生きよう」と
誓った時　青い空が見えた

華やいだ時代を　振り向くこともせず
私は歩く　葉桜の頃　情けはいらない

まぶたの裏に咲く　満開の花びら
巡る命は　さよならさえも
また会う日までの約束
また会う日までの約束

■**哲学の道**　京都市左京区若王子神社から法然院下を銀閣寺に至る水沿いの道

風物詩を真似て

京都の初夏の風物詩に「丹波産の実山椒の佃煮」があります。
五月末になると、京都市中の八百屋でもスーパーでも丹波の山椒が売られます。

ごっそりダンボールに入って千五百円。「安っ！」と、私は飛びついて買いこんで佃煮づくりに挑戦しました。

前に京都出身の友人が炊いたのをいただいたことがありました。多くの京都人がやるこの京都の風物詩を私もマネしてやってみたのです。

せっかく京都にいるのだから、「にわか京都人」を楽しむこと。これも最期の思い出にしたかった。

ちょうど京都に遊びに来ていた友達にも手伝ってもらい、実から一粒一粒、茎を取って掃除をして……ものすごい手間ですが、これが京都流だと思うと、楽しくて仕方ありませんでした。

おそらくこれが最初で最後の「山椒の佃煮」作りです。余命という残り時間を楽しむようにしながらこしらえました。たくさん作りたかったのですが、手間がかかって、小さな瓶に十個だけできました。

気合いを入れて、生まれて初めて「浅炊き」で仕上げた「山椒の佃煮」。だから大事な友人に配りたいと思い、次のような手紙を添えて送りました。

《小林玖仁男の想いと味覚が、
このひと粒にギュッとつまっています。
私はもうじきこの世を去ります。
大げさに言えば、この味も小林の人生です。
ご賞味いただければと思います。　小林玖仁男》

病を治す水

京都でいちばん開放的な景観といったら、鴨川のほとり。
特に、二条大橋から五条大橋の間は、川辺を、思う存分楽しめる散歩道。犬の散歩や、自転車で、マラソンでと、好き勝手に市民が憩う感じがなんとも気持ちいい。

空の広がりと水の音。五月から九月までは納涼床の佇まい。自然と市民が織りなす景観は、京都ならではのものです。水辺近くで楽しむ川の設計としては、世界的に例がなく、鴨川の水辺が世界一素敵だと聞いたことがあります。

カップルがこの川辺に腰を下ろすとき、その距離は測ったように均等になる。これを「鴨川等間隔の法則」と呼ぶそうです。

京都新聞が七月のある夜、この間隔を計測したら八十四組の平均間隔は三メートル七〇センチだったとか。しかもカップル数の増減に合わせて、ズルズルお尻を動かして距離を均等に保つというのです。これは「他人に気を使う京都人らしい表れでは」と京都新聞に論じられていました。こういうことが記事になるのが平和なんだよなぁ、としみじみ思います。

夏が来たら、鴨川でぜひ味わってみたいのが、川床料理。

鴨川の下流では、川のよく見える位置に座敷を作り、料理を提供するので納涼床と呼ばれます。上流では、川の真上に床を作るので本当の川床が出現。市内と比べると気温差もマイナス一〇度はあるといい、緑豊かな木々の中、川のせせらぎを聞きながら楽しむ川床料理は別格中の別格で、まさに、ここだけのリバージャックレストランというわけです。

しかしよく考えたもの。床からはみ出した渓流が四方から攻め入り、ダイナミックに水を感じると、「最高の涼」が労せずして出現するのですから。

「都市とは、水がなくては成立せず、文化は良質な水がなければ生まれない」と言われます。京都盆地は、桂川・賀茂川・高野川という三つの川が運んできた土から成り立っており、砂と小石を中心としたこの土が、くぐり抜けてくる地下水を清浄にして、京の風土を形成してきました。

しかも、その水は料理に適した軟水です。豆腐、湯葉、生麩、和菓子、伏見の銘酒などは、京都の豊富な地下水があればこそできること。

また、聖護院蕪・壬生菜《みぶな》・賀茂茄子・伏見唐辛子・鹿ケ谷南瓜《ししがたにかぼちゃ》・堀川牛蒡・慈姑《くわい》・万願寺唐辛子……などなど、京野菜が特別に美味しいのも、京都の水と自然条件が育てたからです。

特に、御香宮神社の湧き水は日本の「名水百選」に選ばれている水。伝承によると、昔、境内より良い香りの水が湧き出し、その水を飲むと人々の病が治ったので、時の清和天皇から「御香宮」の名を賜ったのだとか。

こういう由緒正しい水をアチコチからいただいて飲む。水は、心と体を浄化してくれますから、とてもありがたき京の至福です。

ボトルを持参して、このありがたき水をさっそく汲みに行かなければ――。

■御香宮神社　京都市伏見区御香宮門前町一七四
TEL〇七五-六一一-〇五五九

京の旨いもん

京都には旨い物がたくさんあり、それを京都人は当たり前のように食べていることに、今さらながら気づかされます。

そしてもっと驚いてしまうのが、それら旨い物たちの値段の安さ。旨くて安いが当たり前で、少し感謝が足りないのではないかしらんと、私などは思ってしまうほどです。

《お漬物》　京都の人は、本当にお漬物が好き。その種類も量も日本一です。地元の商店街に地元の人向けの「漬物屋」という専門店があり、地元の人だけで「商売が成り立つ」というのが凄い。

この漬物の歴史、一説によると三千年〜四千年前に遡るというから稲作よりも古いわけで、漬物は日本人の食文化の根源にあると言えるようです。

京の三大漬物は、「千枚漬」「すぐき」「しば漬」。各店がしのぎを削って味を極めていて、それぞれの贔屓があります。

有名な八坂の漬物屋では、「いつお帰りに?」と客は必ず聞かれるそうです。「明日」と言うと売ってくれない。だから「今日帰り、すぐ食べる」と言うこと。そう入れ知恵をされたことがあります。漬物は発酵食品ゆえ刻々と味が変わるから――なのですね。

《鯖寿司》 若狭湾で取れた鯖は、昔、行商人に担がれて徒歩で京都に運ばれていました。冷凍技術もなかったから、生サバは塩でしめられ、京都までは丸一日の行程。京に着く頃にはちょうど良い塩加減になったといわれます。だから小浜市から若狭町を経由して京都の左京区に至る若狭街道は、いつしか「鯖街道」と呼ばれることに。なんとも歴史と文化と食欲をそそる素敵なネーミングです。スーパーに行っても、鯖寿司がたくさん並んでいてたくさん売れています。もちろん私も京都に来て以来、何本買い求めたことか。

《豆腐》 豆腐は、主役にも脇役にもなれるじつに器用な食材です。湯豆腐のとき

旬香の恵
100g
¥120
旬の味

には、豆腐は主役。また、油揚げ、厚揚げ、飛龍頭《ひろうす》では脇役に。他の素材と一緒に美味しく炊き上げられます。もちろん胡麻豆腐も、湯葉料理も忘れてはならない。味を付けなくても美味しく、他の味にも素直に馴染む。個性があって、個性がなくて、独自性があって、協調性もあって、主張して、主張せず……。こういう豆腐の世界観を広げているのが京都です。

豆腐のみに力があるわけではないのです。水、調味料、副菜、料理の構成、器、建物、庭……。京都の豆腐を美味しく感じるのは個の力ではなく、引き立てる周りがあるからです。「みんな誰かのおかげさま」です。

《鰊《にしん》そば》　京都のご当地グルメとして欠かせないのが「鰊そば」。かけそばの上に身欠き鰊の甘露煮をのせたもので、北海道鰊が材料です。しかし、北海道がなぜ京都に？　これは南座の隣りの「松葉」が元祖です。明治十五年に二代目の松野与三吉が鰊そばを発案し、北海道から輸送された身欠き鰊を使っているのですが、山に囲まれた京都は乾燥させた保存食を戻して使う技術が進歩していたので、

身欠き鰊なのです。京都市民の年越し蕎麦は決まって鰊そば。この食文化も古都の重みがあります。

誰にでも迎合し、無個性な天ぷらそばじゃないところがいい。

《仕出し屋弁当》仕出し屋を東京流で言うと「注文で調理し配達する店」。でも、京都の仕出し屋はちょっと違います。京都ではそもそも家で客人をもてなす格式のある料理は仕出しが基本。仕出し屋と家の主人が相談して、料理と味を決めていく。そういう儀式がとても重要なのです。その原点と言えるのが「菱岩」。この仕出しは、日本料理のバイブルみたいです。

創業は文政十二年（一八二九年）という老舗。祇園随一といわれる「菱岩」の仕出しは、お茶屋での利用が基本ですが、「折詰弁当」でもその味が楽しめるようになっています。ただし八日前までに電話予約が必要。本物を手に入れるには、けっこう前準備が要るものなのです。予約は、ジェイアール京都伊勢丹地下二階の「お弁当予約申し込み」に。菱岩折詰弁当は五千四百円。他に、四十店以上の名店のお弁当も手に入ります。

■**松葉**　京都市東山区四条大橋東入ル川端町一九二

TEL〇七五-五六一-一四五一

■**菱岩**　京都市東山区新門前通大和大路東入る西之町二一三

TEL〇七五-五六一-〇四一三

■**JR京都伊勢丹地下二階の「お弁当予約申し込み」**

TEL〇七五-三四二-五六三〇

大文字さんに見守られて

京都の四季の行事の中で、私にとっての「いちばん」と言えば、「大文字焼き」

です。

正式には「五山送り火」。お精霊《しょらい》さんと呼ばれるその年に亡くなった死者の霊を、あの世に送り届ける儀式行事です。毎年お盆の八月十六日の午後八時から、五山に次々と送り火が点火されます。

私が京都に住んだ理由は、この「おしょらいさん」になりたかったから。新盆に「大文字」さんの火で送られたら本当の京都人です。

東山は「大文字」の「大」。松ケ崎妙法の「妙」と「法」。「舟形万灯籠」の「舟」。大北山の「左大文字」の「大」。水尾山の「鳥居」。それらの文字が一つずつ五山で燃え、新盆にお迎えした死者の霊を、再び浄土に送ります。

八月のお盆に、新幹線の切符が取れない中、友人を招いて、終の棲家の我がマンションのベランダからこの行事を見ました。最近はマンションの林立で見えにくくなり、五山全部が見えるのは京都市内でもかなり高い場所。京都タワーと清水寺の上の将軍塚からだけだといいますが、私のマンションからは四つ見えましたから、そうとうラッキーです。

予定通り八時ちょうど。きっちり五分おきに五山に順番に火が点されていきます。でも燃料は薪ですから、燃え盛りすぐに消えていきます。その間は二十分位でしょうか、あっという間の〝炎のページェント（野外連続劇）〟です。花火や、プロジェクションマッピングを見慣れた目にはやや物足りないですが、このはかなさこそ本物。とても素朴で心に残りました。

じつは私には、かねてから「大文字焼き」のときに特別にやりたいことがあり、今回いそいそと実行しました。それは「京都の地に自分の身を置いて、大文字さんを見ながら、大文字の描かれた小皿に、大文字の絵が付いた『どら焼き』を置いて食べること」です。

年に一度しかない特別な日。思いっきりこだわって、やりたいシーンを用意しておきました。

ところで京都では、お盆に「六道珍皇寺」というお寺に出かける風習がありま す。このお寺は、祖先の霊を迎えに詣《まい》る「六道詣り」で有名です。

「六道」とは地獄道・餓鬼道・畜生道・修羅道・人道（人間）・天道の六種の冥界をいい、人は因果応報により、死後はこの六道を、生死を繰り返しながら流転する。六道の分岐点、この世とあの世の境が、ここの境内にあると言われ、冥界への入り口とも信じられてきました。

もともと「六道珍皇寺」の場所には、平安初期、小野篁《おののたかむら》という官僚が住んでいました。彼は、学者で、詩人で、歌人でもある、まぁここまでは教科書にも載っている普通に有名な平安貴族ですが、しかし、彼の変わったところはここからです。篁は「野狂」と呼ばれたほど奇行も多く、なんと昼は朝廷に出仕し、夜は閻《えん》魔《ま》王宮に役人としてつとめていたという奇怪な伝説があるのです。

その住居が「六道珍皇寺」。実際、寺には閻魔大王が奉られており、この世とあの世をつなぐ「冥界への入り口」がこの寺のどこかにあると言われれば、そん

大椿山六道珍皇寺

な感じがしないでもありません。

そんな数奇なお寺ですが、何を隠そう、小野篁は私の遠い遠い先祖にあたるのです。すなわち「六道珍皇寺」は私の祖先の寺ということになるのです。

不思議な縁《えにし》のルーツの「六道珍皇寺」。そして「大文字焼き」。

何か見えざる手が私を静かに導いてくれそうな……京都のお盆は、私にとって、ひときわ「特別」です。

■六道珍皇寺　京都市東山区大和大路通四条下ル四丁目小松町五九五
TEL〇七五-五六一-四一二九

器の美術館へ

茶碗は宇宙だ。この小さき魔物は人を圧倒します。

人のノイズのような、つまらない、くだらないことから離れたいとき、私は「楽茶碗」に救いを求めます。

家の近くの「樂美術館」は、樂家十五代の歴代が、次代の参考になるようにと手本として残してきたもので、樂焼四百五十年の伝統のエッセンスが保存されています。樂家がこの地に居と窯場を構えたのは桃山時代。聚楽第が造営された頃この地に移ったようです。

他の美術工芸品、たとえば「刀剣」や「甲冑」の良し悪しはベテランでないと分からない。しかし「茶碗」の良し悪しは、素人でも分かりやすい。茶碗は人と違って、ただ黙ってふところ大きく受け入れてくれる。裏切らないところが好きなのです。

「河井寛次郎記念館」も、心落ち着く場所です。

河井寛次郎は、人間国宝も芸術院会員も辞退した陶芸家。いっさいの名利を求めず、作品に銘も入れない作家です。

館内には、この河井寛次郎の「住まい兼仕事場」が公開されています。家具や調度類も、寛次郎のデザイン、そして彼の蒐集《しゅうしゅう》によるもので、すべてが寛次郎の美意識で貫かれていて、隅々まで緊張感がみなぎっています。

河井寛次郎の言葉に「仕事のうた」があり、それが刻まれた木版の作品は、ポスターになって六百円で売られていました。

《仕事が仕事をしてゐます　仕事は毎日元気です　出来ない事のない仕事　どんな事でも仕事はします　いやな事でも進んでします　進む事しか知らない仕事　びっくりする程力出す　知らない事のない仕事　きけば何でも教へます　たのめば何でもはたします　仕事の一番すきなのは　くるしむ事がすきなのだ　苦しい事は仕事にまかせ　さあさ吾等はたのしみましょう》

この言葉を得ただけでも行った価値があります。仕事は仕事に任せれば何とかなるのです。

樂家あり。河井寛次郎あり。

天才の仕事をまざまざと見ると、私もまだまだ何かを残さなければとファイトが湧くのです。

■樂美術館　京都市上京区油小路通一条下る　TEL〇七五-四一四-〇三〇四
■河井寛次郎記念館　京都市東山区五条坂鐘鋳町五六九　TEL〇七五-五六一-三五八五

二條陣屋という穴場

奈良県がいちばん多かった国宝の建造物が、二〇一六年、京都府の石清水八幡宮の本殿などが国宝に昇格して、京都府が国宝建造物第一位に躍り出ました。具体的には、京都府が七二棟（五一件）に対して、奈良県が七一棟（六四件）。まさにデッドヒートで、両雄、譲れない戦いとなっています。

美術工芸品の国宝件数は、第一位が東京都の二七八件、続いて京都は一八二件、奈良は一三八件。東京は、東京国立博物館所蔵の国宝だけで八九件もあるので、多いのは当たり前です。

さて、これらの数を建造物と美術工芸品の合計で見ていくと、東京都二八〇件、京都府二三三件、奈良県二〇二件。つまり東京に国宝の建造物は二件しかないことが分かります。それは、正福寺地蔵堂（東村山市）と、赤坂迎賓館。この話を人にすると、たいてい「へぇ」と驚きます。

私の終の棲家のそばには、ご存じ国宝二条城があります。この二条城のすぐ近くに、一つの興味深い建物が存在していることは、あまり知られていませんが、江戸時代後期の豪商の屋敷であった「二條陣屋」です。およそ三百五十年前の建物で、趣向を凝らした意匠と、安全を図るための防衛建築が忍者屋敷のよう。民家では全国二番目に国の重要文化財となっており、予約制で一度に少人数しか入れません。

じつは子供の頃に、私はここに行ったことがあるのです。

明かり取りの窓には、江戸時代の貴重な硝子がはめられているのに、近くの学校の野球のボールで何枚かが破損したと、悔しそうにご当主が話していたことなど、そのときの記憶が今も強く残っています。体重五〇キロ以上の人は行けない二階の間もありました。さまざまなカラクリがあり、京都内の有名な名刹《めいさつ》よりもずっとおもしろかったのを子供なりに覚えています。

あれから五十年。「二条陣屋」を久しぶりに訪れると、修復されて見紛うばかりに堅牢になっていました。このまま未来への遺産として末永く残っていってほしいと願うと同時に、やっぱり、思い出に残る観光スポットは、人知れない穴場がいい……。そんな気持ちも少し横切りました。

人の命は長くてもせいぜい百年ですが、建物は五百年、千年と生き続け、先人

の凄さを伝えてくれます。

■二條陣屋　京都市中京区三坊大宮町一三七
TEL〇七五-八四一-〇九七二

もう一度会っておきたい絵画たち

京都にはさまざまな美術館が百花繚乱。
〇国家や地域の威信をかけて集める京都国立博物館のような「公立の箱」。
〇堂本印象美術館のような地域ゆかりの個人の「天才の箱」。
〇樂家十五代の樂美術館のような「血脈の箱」。
〇さがの人形の家のような「専門分野の箱」。

○そして細見美術館のようなコレクターのわたくし美術館の「金持ちの箱」。

京都という所は、さまざまな美術館の存在が特徴的で、芸術文化水準日本一の面目躍如がここにあります。

私は美術館を見ていつも思うのです。「芸術を守るには巨万の富が必要で、国家ではやり切れない個人の審美眼と執念で、コレクションを集め、見せている金持ちって素敵だ」と。そうした美術館には、精神性の高さと意志が宿っています。

審美眼と執念で作り上げたものを挙げるなら、足立美術館・大原美術館・出光美術館・ブリヂストン美術館など、全国各地に珠玉の美術館がありますが、京都には、細見家三代のコレクションを集めた細見美術館が、京都国立近代美術館の近くにあります。

初代の細見良氏は、事業に成功したお金で、弱冠三十歳の頃より美術品を蒐集したそうです。最初の頃は、贋物をつかまされたこともあったようですが、すべてを教訓にして眼力を養い、日本美術を体系的に集めます。

コレクションは二代目の細見實氏に受け継がれますが、良氏の審美眼教育はとても厳しいもので、息子の収集した品を贋物と言って安値で買い取り、幾倍かの高値で売ってしまったり、気にいらないものは息子に無断で処分したりと、そうとう悔しい思いをさせながら鍛えたと、どこかで読みました。

そうやって鍛えられた審美眼は、今は、孫の細見良行氏（現館長）に引き継がれています。

ここには、琳派・若冲の名品をはじめ、日本屈指の美術品、重要文化財三十点を含む約三千点が収められる〃細見家三代〃気迫の美術館です。

「何必館《かひつかん》」という美術館は、建物がまず素晴らしい。決して大きくはありませんが、館長の梶川芳友氏が自ら設計。展示空間は床の間を基調としたり、障子越しにとりいれた自然光で鑑賞する様式をとったり、随所に工夫が凝らされています。「何必館」とは、「何ぞ必ずしも」と定説を疑う自由な精神を持ち続けたい、という意味合い。作品の多くがその考えに基づいて蒐集されているのです。

所蔵の中心は、北大路魯山人、村上華岳、山口薫。この三人の名品がずらりと並んでいます。

一九六三年、創設者の梶川芳友氏が二十一歳のときに、村上華岳の「太子樹下禅那之図」に巡りあい、そのとき、いつか自分のものになるという直感があったそうです。それから十七年後、この作品は本当に梶川氏のものになり、これを飾るために「何必館」をつくりました。この運命的なエピソードを思いながら、華岳の「太子樹下禅那之図」に会うだけでも訪れる価値はあります。

もう一つ。梅原龍三郎の名品が「京都文化博物館」に飾られています。

他の都市にも文化会館と呼ばれる建物はありますが、京都に〝文化〟の中心をつくったらこんなに凄いことになる。それが「京都文化博物館」です。

別館は、旧日本銀行京都支店（重要文化財指定）。ここでは音楽会が開かれます。二階・三階総合展示室では、京都の歴史や美術工芸を幅広く多方面から展示。さまざまな興味深い企画が特別展として行われ、食堂や売店は、名店が並びます。

すべてにおいて質、量ともに圧巻で、一日いても飽きませんが、何と言っても私のここのイチオシは、梅原龍三郎画伯の「桜島」です。

二階ホールにひっそり飾られているこの絵は必見。ホールですから無料で見られます。私が思うに、これは梅原画伯の最高傑作。円熟の、渾身の一枚です。

私がこれまで京都への旅を何度も繰り返していたのも、この絵にまた会いたかったからだと言っても、過言ではないかもしれません。

■**細見美術館**　京都市左京区岡崎最勝寺町六―三　TEL〇七五-七五二-五五五五
■**何必館**　京都市東山区祇園町北側二七一　TEL〇七五-五二五-一三一一
■**京都文化博物館**　京都市中京区三条高倉　TEL〇七五-二二二-〇八八八

梵鐘シンフォニー

パソコンで「京都・除夜の鐘」と引くと、京都の寺社がごろごろ出てきます。京都は「除夜の鐘密度日本一」の街。どういうことになるかというと、大晦日に家の窓を開けると、右からも左からも除夜の鐘が聞こえてくる。家の外に出て屋上にでも上がれば、八方から除夜の鐘が響き合う。これが京都の大晦日、音の曼陀羅、梵鐘《ぼんしょう》シンフォニーなわけです。

おそらく視覚でも、味覚でも、日本一がいっぱいの京都は、聴覚でも日本一。「夜空に響く鐘の音×聞こえる寺の数」が、煩悩を一斉に払いのけます。

初めて京都の住人として聞いたそれらの音。

「間違ってもいいじゃないか。後悔してもいいじゃないか。新たな年を前に、煩悩は洗い流して、最後まで好きなように何度でもやり直せばいいじゃないか」と思いました。

大晦日の除夜の鐘は仏教で、翌、元旦の初詣は神道です。時間を一週間ほど巻き戻すと、十二月二十五日のクリスマスはキリスト教――。たった八日で三つの宗教を渡り歩き、何の矛盾も感じず、これが普通だと思っている日本人。無宗教人の為せる業です。

じつは、まぎれもなく私もその一人です。無宗教ゆえ、神社も、ただ単純に立派で大きいほうが良いと思っています。日本全国の神社数は約八万社あるのに対し、神宮は二十四社しかなく格式も高いため、「神宮は神社よりずっと偉い」と思っています。だから初詣には「神宮」と名が付く所へ行っています。ご利益が大きいような気がするからです。

「神宮」という響きに釣られて、これまで私は幾つもの「○○神宮」を訪れてきました。香取神宮、鹿島神宮、明治神宮、熱田神宮、伊勢神宮、宇佐神宮……。

そして京都には、私のそばに「平安神宮」があります。

■平安神宮　京都市左京区岡崎西天王町九七
TEL〇七五-七六一-〇二二一

京都の本物

坂道はジグザグに上ったほうがラクだ。と、思うのは、三年坂や二寧坂など清水寺に向かう坂道の上り下りのとき。ここの坂道は、賑やかな京土産の店や食事処や甘味処が左右均等に連なります。こういう店を右へ左へと寄り道しながら歩くのは楽しいものです。

可愛い京土産も店先にたくさん並べられていますが、京都のお土産にも、本物とそうでないものがあるのをご存じでしょうか。

たとえば豆雛。昔から京都では小さな豆雛がたくさん売られていたのですが、かつての〝本物〟は信玄袋に入っていました。

そもそも昔から京都は大観光地で、人はみんな清水寺を目指しました。そして清水坂で売っていたのが豆雛です。ただ、江戸時代は歩く旅なので、持ち帰るお土産は小さくなければならない。もちろん段ボール箱もありません。そこで、竹を編んで布を袋状につけた信玄袋に入れて壊れないように工夫した、というわけです。

しかるに今では、お土産はかさばったほうが値段が取れます。豆雛は台にボンドで貼られて、屏風も付いて、大きく立派になってしまっていますが、厳密にはそれは現代の偽物です。

昔ながらの信玄袋入りの本物の豆雛を作っている最後の伝承者がわずかにいらっしゃいますが、京都で売るほどは大量に作れないようで、東京の民芸専門店にちんまりと置いてあったりします。

しかし私は、郷土玩具を買い求めるのはもうおしまい。京都移住にあたり、コレクター仲間だった若者に、自分の蒐集品の良いものは差し上げた身です。

あの世には何も持っていけないのだから、歴史を受け継いできたものは、未来を生きる人に後を託すべき。愛着があったあのモノたちも、その素朴な味わいを次の人が受け継ぎ愛でられることを願うばかりです。

とはいえ、それでも京都にいる以上、古都ならではの品々に、どうしても心が動いてしまうのを抑えられません。

大好きなのが、一月十日に京都ゑびす神社、通称「えべっさん」で買う「人気大寄せ」という縁起物。

これは社務所で売られる「笹飾り（福笹）」ではなく、露店で売られる「傘飾り」。傘の中に人がいっぱい集まるカタチをしています。東京人は見たことないから、「これは何？」と興味津々。

「江戸モノの熊手と同じで、人を掻き込む『千客万来』の意味ですよ」と説明してあげると、みなさん欲しそうな顔をします。

神楽殿では、神楽の吉兆笹奉納と、その授与が行われ、巫女さんがくるくると美しく舞い、たくさんの方に福を撒き散らして、さながら「傘飾り」のよう。
私も今世で福をくるくる振り回せただろうか？

▪京都ゑびす神社（えべっさん） 京都市東山区大和大路通四条下ル小松町一二五
TEL〇七五−五二五−〇〇〇五

献燈
髙島屋
お買物は
髙島
授与所

第5章

悔いなく人生を全うする智恵

京都が教えてくれること――。

すべては時間が解決するから

薬の合併症で、私は緑内障に罹り視野がどんどん狭くなっていますが、緑内障になっても、間質性肺炎で死ぬまでは視力が持つとインターネットで知りました。喜ぶべきなのか、何ともひどい情報ですが「死ぬまで視力が持つならばいいではないか」とホッとしています。

歯の治療もしていますが、長く持つ必要はありません。インプラントも不要です。寿命を計算しながら治療をやってもらっています。それでいいわけです。

間質性肺炎のさまざまな合併症も心配です。いちばん多いのは「肺ガン」です。これから体のアチコチで合併症が起こり、それによって余命も短くなったりするのでしょうが、あまり気に留めていません。

今日まで元気でいられて、他にいろいろある死に方より「まだマシ」だと思って感謝しています。次に襲い掛かるかもしれない病魔を気にしても仕方ない。それこそ「死に神の思うツボにはまる」ようなものだと思います。

それに人は「不幸」にもやがて慣れていきます。ショックを受けるようなことが起こっても、まぁ二、三日も経てばショックも薄らいでいきますし、ずっと「不幸」のままでは辛くて生きていけません。悩んだりクヨクヨすることに、やがて人は飽きてどうでもよくなります。

まさにここが狙い目なんです。

「時間が解決する」ということを、私はこの余命宣告で知り抜きました。

何があっても大丈夫。人は見事に解決し立ち直るものだと思います。不幸のどん底にいても、一週間後、半年後の立ち直っている姿を想像すれば気も楽になります。

千二百年の歴史。あまたの戦禍をかいくぐり見事に復興し、悠久の時がゆったり流れる京都にいると、どんな辛いことも、時間というものがそっと彼方へ押しやってくれる。そんな気持ちになれます。

勝ち組の京都に学ぶ

人生の終わりに、自分の大好きだった京都に住んで、京都に馴染んでいると、肩に力が入らずにいろいろな真実が見えてきます。これが「悟り」というものか。「ああ、それはこういうことだったのか」と、分かってきました。

まず気づいたのが、京都はマーケティングがうまい都市ということ。

マーケティングという言葉を日本語で分かりやすく言い直すと、「企業と企業、もしくは都市と都市が、争って優位に立つための『喧嘩の技術』」です。京都が、東京、大阪、名古屋と競い、他の都市よりも優位でいるために「どんな戦略や戦術」を持ったか。京都はマーケティングが巧みなのです。

私は、このマーケティング学を学び、自分のさいたまの店「二木屋」を〝勝たせる〟ためには、何をどう仕掛けるか？　こういうことをいつも考えてきました。

二木屋の場合は、「室礼《しつらい》」というテーマで、他にない特殊性を持たせ、「個店の固有の個力」でマーケティング的勝利を導き出しました。

京都の戦略の節々には、新しい仕掛けが幾重にも考えられていて、圧倒的な勝利を導き出します。京都人は、革新的な新しいもの好きです。お菓子も料理も、フランス語で言う〝ヌーベル・キュイジーヌ〟なのです。住んでみて、そのことがよく分かりました。だから京都は、「トレンド最先端」として、「世界一の大観光地」として、飽きられることなく君臨できるのです。

今までの五十年で百回は訪れた京都。負け組が多い地方都市の中で、京都はいつも勝ってきました。真っさらな視点でもう一回見つめて、発見した「京都の強み」。それを我が身に取り入れ、余命を上手に生きることを考えています。

一つ例をあげます。舞妓が観光の目玉になるとしたら、ふつうの発想だと、費用をかけて舞妓を使って催しを企画します。しかし、京都で市中を歩く舞妓はお客様のコスプレです。京都はお金をかけずお金をもらって、レンタル衣装を貸しています。舞妓になるほどの勇気のない人は、レンタル着物を借りて着ます。

京都は何もしないで売上げが上がり喜ぶ。ニセ舞妓はみんなに見られて喜ぶ。観光客は舞妓がいたと喜び、写真に撮って喜ぶ。《ウィン×ウィン×ウィン》の巧みな商法を作りました。こういうことを京都は平気でやってのけるのです。

もちろん、人生は勝ち負けだけではありませんが、上手くいく人生の未来予想図は手に入れたいもの。それを実現させるためには〝勝ち組の京都〟がくれるさまざまな示唆が、とても参考になります。

京都の凄いところは、売上げも動員もすべてがずっと上り調子で決して落ちないところ。人生、いつも上昇気流でいたいものです。京都というしたたかな土地にいると「上手くいくのが当たり前」。勝ちグセがついてきます。

官幣
大社

〝気力のもと〟をチャージする

京都というところは、最後の最後まで自分らしく生き抜いてやるぞ、というパワーをくれる場所です。「生きる力」、すなわち〝気力のもと〟を私は現在もらっているところです。では〝気力のもと〟は何か？　それはこういうことだったのかという大きな発見がありました。

美術品や建築物や……その他もろもろの〝ホンモノ〟に接しながら暮らしているうちに、私の体の深いところから「なにくそぉ。俺だって」という強い反発心が湧き起こっているのに気づきました。どうやら私にとって、人生の気力の根源は「嫉妬とコンプレックス」だったらしいのです。これまでの人生では考えてもみなかったことでした。

そういえば、かつて何かのマスコミ媒体で、演出家の蜷川幸雄氏が、「あなたはなんで優秀になったの？」との問いに、

「自分より優秀な人への、嫉妬とコンプレックスです」

と答えたのを鮮明に覚えています。私も同感です。「嫉妬とコンプレックス」があるから、必死になって頑張れる自分がいるのだと思います。

病気になってから、いちばん興味を引かれたのは偉人の記念館だったり、偉人の記念展でした。

たとえば、まだ体が元気に動けたときに金沢で見た山下清展。山下清がなんで山下清になったのか？　その下地、出会い、努力、協力者。いろんな要素が交錯して偉才は開花します。そういうものを体系立てて一堂に見られると、その「生き様」や「成功ノウハウ」に奮起せずにはいられませんでした。

〝気力のもと〟を別の言葉で言い換えると、「ちっきしょう、今にみておれ」のような憤怒です。とはいえ、「今に」という未来はありませんから「ここで」という現在に集中します。

自分が「志半ば」で散るのはやはり悔しいことですが、秀でた人物や成功者への「嫉妬とコンプレックス」が、今も「頑張る起爆剤」になっています。

それに、まだ少しだけ時間が残っています。

死ぬその日まで生き方は好きに変えられます。そこで「短歌」や「色紙」や「形見にする器」をしぶとく追求しようとしている自分がいるのです。

私の病気が見つかったとき、ＮＨＫの朝の連続テレビ小説は『花子とアン』でした。そういう背景もあってとりわけ覚えているのですが、空襲の中、翻訳中の原稿に降り注ぐ炎を払い落として、花子はこう言います。

「これだけは私が生きた証。だからどうしても燃やすわけにはいかない」と。

そのとき私も「生きた証」を遺そうと、夢中で『あの世へ逝く力』を執筆していました。

〝気力のもと〟をチャージし続ければ――。そうできる環境が京都にはあります。いにしえの都の中心で、花開いた先人たちへの「嫉妬とコンプレックス」を糧に、まだまだメラメラと頑張っていけます。だから私は元気なのです。

「嫉妬とコンプレックス」これが〝気力のもと〟。
「まだまだ行ける」これが〝延命のコツ〟。

最後の楽しみは食事

一つだけ外せない都市の基本条件をあげるなら「食」がきちんとしていること。
料理は「五つの構成要素」でできています。
○一つ目は素材。美味しい素材でなければなりません。
○二つ目は技術。調理法の優劣によって味は決定します。
○三つ目は美意識。あんがい見落としがちですが、器、盛付けのセンスです。
○四つ目は構成力。料理という旅の行程をどう組み立てるかです。

○五つ目は価格。納得できる価格で、料理ははじめて支持されます。
京都の瓢亭の店主、高橋英一氏は、

「京料理は有職料理、精進料理、懐石料理、おばんざいが融合したもの」

と定義しています。

宮中の料理であった有職料理、お寺の精進料理、茶道の懐石料理、家庭のおばんざいが混在して進化したものなのです。

梁山泊の橋本憲一氏は、

「日本料理の基本である懐石に、京の食材、特性、風土、気候を加味したもの」

と定義しています。

京都独自の「個」が「基本の懐石」に憑依《ひょうい》して京の料理はできているわけです。

いずれにしても、この深さと広がりは「日本一」です。

京都は食の偏差値が高い街なので、フレンチもイタリアンも中華も、何を取り上げてもレベルは高い。こういう味の広がりと深みの中に暮らしていけるのが京都であり、人生の最後まで「美味しいものを食べて暮らせる」街なのです。

病気にもよりますが、体が悪くなっても美味しいものは食べられます。

余命がわずかなら、「体に悪いから食べ物に気をつけよう」と、もう考えなくていいのです。

晩年は少ししか食べられなくても、美味しいものを食べたい――その気概は最後まで持っていたいものですね。

私はよく先斗町の馴染みの店に出かけ、新しい店にも飛び込みます。この道幅二メートル少しの極狭飲食街をそぞろ歩くのが私は大好きです。

きしもと

美しいものに囲まれて人は磨かれる

京都には喫茶店が多い。そして珈琲がとても愛されている。

街をぶらついてちょっと一休みをしたいなと思ったとき、必ず珈琲の旨そうな喫茶店が見つかり、心と体を休めることができます。どの店にも、内装やメニューや、店の隅々に店主の哲学のようなものを感じ、一つの文化になっている。これが京都の喫茶店です。

名古屋も喫茶店が多い所ですが、名古屋の喫茶店は、小倉トーストやらあんかけスパゲティーやら食べ物中心の文化。東京はというと、もはや個人経営の喫茶店は風前の灯火でチェーン店ばかり。ここには利便性しかないと言ったら言い過ぎでしょうか。

全国でいちばん珈琲を飲んでいるのはどこか？　二〇一二年～二〇一四年の総務省「家計調査」では、第一位はやはり京都市。同じ調査で、パンの年間消費量の第一位も京都市。

古都にはハイカラがよく似合うようです。

ところで、京都に喫茶店が多いのは、大学が多く、大学教授をはじめとする大学関係者もたくさんいて、珈琲を飲みながら集まれる喫茶店が必要だからという話があります。

そういえば、いつだったか藤原正彦氏がこのようなことを言っていました。

「私は、天才がどんなところから生まれるのかを、調べたことがあります。天才はある一定の条件がないと生まれないことがわかりました。美しい自然に囲まれていたり、素晴らしい寺院がたくさんあったりと、美しいものに囲まれている場所にたくさんの天才が生まれている。自然、音楽、芸術など美しいものを、自分のそばに置いておくことがいかに大切か、ということです」と。

美しい京都に大学。まさに理に適ったり。

そして、たとえ天才に生まれつかなかったとしても、〝自然、音楽、芸術など美しいものを、自分のそばに置いておく〟ことは、誰にも可能です。
最後の最後まで自分を磨き続けること。
その大切さを京都は静かに教えてくれています。

人力俥夫が教えてくれた

京都には「嵐山」と「東山」の二か所に人力車の乗り場があり、イケメン俥夫が待機しています。ここで私は「人力車は、乗るのも曳くのも楽しいのではないか」と思うのです。

乗るのはいつでもできますが、曳くのはアルバイトをしなければできません。だから私は、今度生まれ変わったら、学生時代に俥夫のバイトをやってみたいと思うのです。俥夫のバイトや、舞妓のコスプレという経験は、人生の若い日に一

京

度だけしかできません。その時代でやっておかないと、その先できない――。

そして、やるほうが圧倒的に楽しいのです。

ここまで書いて阿波踊りを思いだしました。「同じ阿呆なら踊らにゃ損々」「見るよりはやる」「乗るよりは乗せる」「楽しみながら楽しませる」。できうるならば、もらう側ではなくあげる側のほうが楽しい。

京都の人力俥夫を見ながらこう思いました。

花開く才能

京都は芸術文化の都。今までも天才をどれだけ生み出したかを見ても、舌を巻く勢いです。

平安時代には源氏物語絵巻や鳥獣戯画など絵巻物を確立します。

室町時代には雪舟を生み、水墨画の名品が生まれます。

桃山時代には長谷川等伯や狩野探幽も現れ、これが狩野派の永徳へと続きます。

琳派では、初期に光悦、宗達が出て、光琳へ。

他にも、文人画の蕪村、文晁、崋山。写生画の応挙、呉春、若冲など、燦然たる日本美術史に連なる画家はみんな京都人です。

江戸はと言うと、清長、北斎、広重と浮世絵の流ればかりで、いわばプリントアート。画家として高い地位にいたのは京都画壇でした。

京都には、これだけの画家を育て、認め、食わせるだけの仕事があり、パトロンがいました。そして、こういう厚みが市中のアチコチの寺社や博物館に残っています。

また京都が偉いのは、力のある新人を見出し、革新的な仕事を支えたところ。よくぞ若冲にこれだけの仕事を任せたものだと、その「先見性」に驚きます。

陶芸の仁清、乾山などの仕事ぶりを見ても、自由闊達な作風を認め、登用する気風があったからだと分かります。

芸術文化が集約していて、時代ごとの系譜がまとまったカタチで見られて、そのエッセンスがいつもそばにある。これが「芸術文化都市・京都」の醍醐味。すぐれたものに触れていたいという気持ちに、ずっと寄りそって応えてくれるのが京都だと、私は改めて深く感じ入ってしまうのです。

魅力は引力

京都の三大祭りは、五月の葵祭、七月の祇園祭、十月の時代祭です。

葵祭は、賀茂御祖《かもみおや》神社（下鴨神社）と賀茂別雷《かもわけいかづち》神社（上賀茂神社）で、五月十五日に行われます。

六世紀中頃に始まったと言われ、応仁の乱で中断しましたが、元禄七（一六九四）年に再興。その後、明治維新とともに廃《すた》れたものの、明治十七（一八八四）年に復活した由緒正しき京都一古い祭りです。馬三十六頭、牛四頭、牛車二基、輿一台の風雅な王朝行列の道のりは約八キロです。馬は何とかなるとしても、牛に八キロも牛車を曳くようによくぞ手なずけたものだと感心してしまいます。

「祇園祭」は、八坂神社の祭礼で「蘇民将来子孫也《そみんしょうらいのしそんなり》」というお守りを身に付ける習慣があります。

「八坂神社の神様・須佐之男命《すさのおのみこと》が旅の途中に病に倒れ、蘇民将来に宿を求め、温かくもてなされた。須佐之男命は、手厚いもてなしに感謝して、蘇民将来と家族は、今後、災厄から免れるようにした」。だから「蘇民将来子孫也」とすれば災厄から身を守ることができる、という由来があります。

「時代祭」は、桓武天皇を祀る平安神宮のお祭りで、桓武天皇が平安遷都をした十月二十二日に行われます。

　行列は明治維新から始まり、次いで江戸、安土桃山、室町、吉野、鎌倉、藤原、延暦と八つの時代を二十の列、牛馬を含む総勢約二千名が連なり、二キロもの長さで延々約三時間。「動く絵巻」とも称され、京都でなければできないスケールです。登場するのは市民。ここに知り合いを見つけるのも一つの楽しみ。二千名の参加者のうち六百名はアルバイトが募集されますが、京都に憧れている中高年にとって、京都で学生時代を過ごせるなんてとても贅沢に思えてなりません。ましてや、京都で青春を過ごしたその思い出に時代祭に参加するなんて、とても羨ましいことです。


　それにしても、葵祭五月、祇園祭七月、時代祭十月と、よく均等に年中行事が配されているものだと感心します。

　京都は街全体が歴史劇場で、月変わりの演目が一年中並んでいます。

さらに、寺社では秘宝の公開が定期的にあり、美術館・博物館では企画展があり、料理屋では季節の献立を支度して待っている——。

幾重にも張られた魑魅魍魎《ちみもうりょう》のような巧みな四季の仕掛けが、次々に人を呼び、訪れた人を捉えて離しません。

魅力とは引力。次々と人を吸い寄せるプログラム。

京の強運

京都に残っている、明治の洋館「長楽館」。ここより多様性に富み、優れた明治時代の洋館建築を私は知りません。

明治四十二年に、日本の煙草王・村井吉兵衛が、迎賓館として築いた館です。

設計のジェームズ・マクドナルド・ガーディナーは、聖ヨハネ教会堂（重要文化財）をはじめ、日本に多くの名建築を残している人物。オーナーの村井翁が、ガーディナーの好きなように設計させたので「長楽館」は建築様式の博物館になったと言われます。

外観はルネッサンス。応接室はロココ。食堂はネオ・クラシック。ステンドグラスや窓はアール・ヌーヴォー。これ以外に、四君子の水墨画のある中国風の部屋。書院造りの和室……まさに芸術様式の宝庫。それが今、カフェ&レストランとして楽しめるようになっています。

伊藤博文、大隈重信、山縣有朋が過ごした往時の空間で、お茶を飲みながら名建築に浸るひとときは、何物にも代えられません……。

建物は現役で使っていかないと輝かない。遺構となってはダメなのです。

〝もてなしの文化美術館〟と呼ばれる「角屋《すみや》」は、揚屋建築の唯一の遺構（重要文化財）です。

「揚屋」とは、江戸時代の高級料亭で、幕府が許可した格式の高い文化サロン。和歌や俳句、能楽、歌舞伎など文芸を研鑽する場所でもありました。それが豪奢なそのままの形で残っているのです。

じつは戦時中、空襲による延焼を防ぐため大きな家屋の取り壊し計画が持ち上がり、「角屋」も取り壊しの対象に。ところが、明治維新の元勲たち（西郷隆盛など）も利用した歴史的価値のある建物である、と人々が反対したため、取り壊しが延期になり、やがて運良く終戦を迎えたのでした。

かつての江戸は、広大な大名屋敷、武家屋敷だらけだったにもかかわらず、一つも残っていません。残っているのは東大の赤門（加賀前田家）など、門が三つだけ。関東大震災があり、東京大空襲があり、東京は壊滅してしまいました。

残るかどうかは、もちろん「運」しだいですが、そう思うと確かに京都は「強運都市」です。加えて「運」をじっと待つしぶとさも持ち合わせている気がします。待てば海路の日和あり。それも諦めずにじっと待てば、人生もいつなんどき、粘り勝ちの目が転がってこないとも限りません。

伏見桃山城キャッスルランドは、近鉄グループの遊園地。

ウィキペディアによると、

「一九六四年にオープン。敷地は約十万平方メートル。伏見城をイメージした模擬天守と遊戯施設などがあった。年間入場者のピークは一九七八年の約百万人。その後はUSJのオープンなどレジャーの多様化などで入場者数が減少し、二〇〇三年一月三十一日で閉園。解体予定だった模擬天守は地元の要望もあり、残されることとなった」とあります。

そして、再開の日を待つ天守閣は、今日も高台に建っています。

私はこの天守を見ると「太陽の塔」を想わざるを得ません。

太陽の塔は万博終了後に取り壊される予定だったのに、反対運動があり、存続を決めた経緯があります。そうして二〇一八年の春から、四十八年ぶりについに

内部が公開されることになりました。壊されるはずのものがなんと五十年も生き残り、公開を迎えた、その事実……。

伏見桃山城もみんなの力で必ず残したいものです。

再生という力。

再開の日があるということ。

そうした未来が人の生きる力にもなります。

この世に遺すものづくり

京都で仏像をたくさん見て思い出しました。

まだ小さかった昔、川越の祖母にもらった限定物の五百羅漢のレプリカがお気に入りで、ずっと大切にしていたのです。

「後々まで伝わってほしい遺品」。自分もこういうことを積極的に考えるべきときが来ました。

「良いものを、特別に、その方に、生きているうちに」というのがいいですね。

思い出は、絵や書や手紙も嬉しいと思います。私の母は、孫の七五三の衣装を「手描き友禅」で描きました。これは大人になって広げると振袖にもなります。そしてそれはやがてひ孫へと伝わる「母の形見」でもありました。

こんなふうに、まだ生まれないひ孫のために「手作りのお雛さま」を作るとか、孫の結婚式用に祖母からの手紙を書いておくとか、時空を超えて伝わるような「形見」のアイデアもなかなかいいと思うのです。タイムマシンに託すというのも夢があります。

死ぬまでにはまだ時間があるので、それまでに「自分の証」を喜ばれるカタチで、きちんと用意することを考えています。

私の場合、「短歌」や「絵」や「食器」や、京都へ来て夢中の度が増しているものがいろいろありますが、いちばん遺したいのは「著作物」です。

まだまだ「雛の本」や「室礼の本」など書き残したい本、私でないと書けない本がたくさんあるので、ぜひそれらを上梓したいと思っています。

しかしぜんぜん焦ってはいません。いちばん書きたかった死生観の本を二冊も書き上げましたので、これさえ書ければあとは「おまけ」でもいいのです。

全部やろうとすると、焦りばかりが先行し、余命の中では「結局、時間切れ」になります。焦らずに「できる範囲でできる限り」でいいのです。

「絶対に成し遂げる」という元気な頃のパワーはもはやなくていい。

「辿り着こうと思っても、やはり未完に終わったか――」くらいの「ちょっと残念な余韻」もアリだと思いながら、ゆっくりやっています。

飛ぶ鳥跡を濁さず

大好きな京都の地に「終の棲家」を構え、人生の最後に思ってもみなかった幸せな日々を送っています。

しかし、どうすればいいのかと、ずっと密かに頭を悩ませていたことが一つあって、それは——好きなものを集めてつくったこの部屋自体です。

私が死んだら、賃貸契約は解除され、荷物はさいたまに送られることになるのでしょう。けれども、快適な住み心地を求め、自分の最後の希望と我がままを優先させた、この部屋の什器備品。ゲストベッドも、布団も、エアコンも、家具も、テレビや冷蔵庫などの家電も、食器も、あるものすべてが、この部屋仕様で品よく揃っています。

死んだ後のこととはいえ、無機的に片付けられていくのは惜しい。何とか、このままのカタチで部屋ごと使ってくれる引き取り手はいないかと思いました。

「誰かこのままセカンドハウスにどうか」と、知り合いに言ったりもしていました。

もらう側から見れば、これだけ揃えたら百万円以上がかかります。あげる側から見れば、これらを片付けて持って帰るにも労力と費用がかかります。

ウィン・ウィンになる妙手は、このままのパッケージで引き継ぐ人を探すこと。私はそう思って周囲にあたってみた結果、ついに京都にセカンドハウスを持ってもよい金持ちの友人を見つけ、部屋ごとにみんな差し上げることを決めました。

これも、京都という土地だからできたことです。大自然に囲まれた田舎暮らしだと、誰も欲しがらない。京都だから、去りゆく者の跡始末にもスマートに応えてくれたようです。

終の棲家と言っても、終わりの未来は来ます。死んだ先のことを決めて、気持ちが身軽になって、ホッとしています。

そして、もう一つ。

あまり大きな声では言えないのですが、ある日、「衝動買い」の楽しさが抑え切れず、怒濤の如く使いもしないものを買い始めました。きっかけは、イギリスの田園風景が銅板転写されたお皿やカップ。終の棲家暮らしのつれづれに、何気なくヤフーオークションで物色し、ついつい購入してしまったのですが、それを棚に飾ったらとても素敵で、いろいろな柄を一つずつ飾りたくなりました。

しかし、多くのものは六個セットですから、セット買いしていくにつれ、いつしか数は百を超えていき……。飾り棚以外にもあふれています。

ずらりとコレクションが並んだ様は、それは圧巻で、眺めるたびに私の心は満たされるのですが、人生の最期にこんなに買って、どうするのでしょう。

物欲が強すぎだとやや反省しつつ、これらのコレクションももらい手を探して、京都で懇意にしていただいた中華料理店「伯樂家常菜」さんに棚ごと差し上げる約束をしています。ミシュラン・ビブグルマンの美味しいお店です。私が死んだらコレクションはお店に移動しますので、ぜひ見に行ってください。

虎は死してその皮を残します。

どこか人から見えやすい場所に、

自分の足跡を残すのも愉快です。

■伯樂家常菜　京都市北区北野西白梅町八五―二

TEL〇七五-四六五-〇三〇九

おわりに

終活という言葉が流行っています。

でも、多くの終活は、亡くなったあとのことが述べられています。葬式、遺品、墓、相続――そういうことは死んだ当事者にはあまり関係なく、遺族の問題です。

老後というと、主に元気なうちが中心に述べられています。第二の人生を健康的に暮らす、趣味、スポーツ、お金――。明るい生き方の類です。

最も必要なのは「死ぬ病気」になって以降を論じるもの。これが少ないのです。

「病気に負けないで、治しましょう。頑張りましょう」的なものはありますが、「だんだん苦しくなって、死が恐くなって、死期が近づいたとき、どうすればいいのか？」ここを「具体的にどう過ごすか」を教えるものが極端に少ないのです。

「暗く、恐く、痛く、苦しい」といういちばん重要な時期の克服法が抜けています。

結論は、「死ぬまで、やること、やりたいこと」を用意すれば、死の恐さや苦しみを回避できる、「それを見つけましょう」ということなのです。

前述したように、私はこの時期にやることをきちんと準備しました。動けるうちは京都を楽しむ。動けなくなったら動かなくていい文と絵をする。俳句も、短歌も、俳画も、スケッチも、誰にでもでき、生きた証になります。

酸素ボンベの本数が増え、動きが以前のようにはいかなくなった今、ハガキに地蔵を描いて「形見」にしようとしています。一枚に百、二百、三百体の地蔵を描くのですから、時間がかかります。親しい方には扇子に「七七七地蔵」を描いていますからもっと時間がかかります。すぐには終わらないように、死ぬまでやることのなくならないように、計算しています。

○「死んでから」はどうでもいい。

○「元気なうち」もどうでもいい。

○「死ぬ前の長い時間」をどうするかが大事なんです。

この考え方と具体策を多くの方に伝えたいと思い、本書を記しています。

「死の準備をするのはタブー」という常識が、「前向きな死」を阻害します。

そのうちの一つが生きているうちの「お別れの会」です。

たくさんの皆さまにお別れを言う機会をどう持つか。一人ずつだと時間が足りません。そこで私は、「誕生日会（という名のお別れ会）」と銘打って、会いたい人をいっぺんに呼びました。知り合いの菅原洋一さんをお招きして歌っていただき、盛大に開きました。誕生ケーキはなしです（燃え盛る炎を吹き消すなんて、とてもできません）。

皆さんこういう催しは初めてで、ちょっと面食らっていましたが、ココロが通い合うとても温かい会になりました。

今まで裏方を歩いてきましたので、「こんな派手なことは恥ずかしい」と思いましたが、一方、「今、やらないと必ず後悔する！」と、清水の舞台から飛び降りました。「死ぬチャンスは生涯で一回だけ」。グズグズ悩んではいられません。

そしてもう一つ、おかしいままで変わらないのが「お葬式」です。

中でもどうにかしたいのが「弔辞」です。多くの弔問客はお通夜にお見えになりますが、弔辞は翌日の告別式で読まれます。偉い方が用意した弔辞を聞くのは、一族郎党だけ。何とももったいなく失礼な話です。

私は京都暮らしの中で、弔辞のやり方について、何か妙案はないかと考え、閃きました。

弔辞はまだ生きているうちに依頼して、印刷物の版にして仕上げておく。いざ死んだら、死亡年月日を入れて印刷。そしてご会葬礼状と一緒に配る——。こうすれば弔辞の中の故人への思いが、弔問客全員に伝えられます。

さっそく私は、お願いしたい六人の方に手紙を書きました。

結論を言えば、一人を除いて快諾してくださいました。断られた一人は、「亡くなってから生前のことを噛み締め、心から溢れる言葉を書きたい」と。これは見識ですから、無理は言わず、ここだけ空けておき版を作りました。プロフィールも、写真も入れて、版下の状態で、友人の印刷屋に待機させています。

本書の中で、「辿り着こうと思っても、やはり未完に終わったが、良しとしたい」と書きました。すべては「道半ば」で、これが「死ぬ」ということです。

私は、死ぬことになって、やりたいことが次々と顕在化し、そうとう実践しました。しかし、やりたいことや、やれないことは、まだまだあります。

会社もそうです。だから後継者を立てて早めに任せてしまいました。

私の雛のコレクションなどもそうです。本当に残したいものは若いコレクターに差し上げました。もはや途中まで作り上げたものは誰かに託し、その方の器量に任せて、成功を祈るだけです。

私はというと、これからやりたいこと、まだやり残したことをやっていく。気が付くと、こういう最終章にいます。もはや完結させたい大事なことは終えたり、諦めたりして、あとはもう、中途半端もすべて良しとしました。

もちろん短歌集などまとめないとならないものはまとめ、膨大な器の嫁入り先もメモしておきますが、何でも几帳面に仕上がらなくていい（と、いうかそれはムリですし）。

朝、起きて、動けて片付けられるうちはそうして、ムリになったらムリせずそのまま寝たきりになります。それからは読書やＤＶＤ鑑賞を楽しんで、「これもやりたかったなぁ」なんてブツブツ呟きながら、そのうち起きて座るのも困難になり、病院での最期を迎えます。

私が京都で暮らした「終の棲家」は、友人のセカンドハウスとして引き継がれます。「そういう終わり方でいいのかな」と思います。

きっと古き時代から京都に生きたあまたの人も、頑張るだけ頑張って、その見果てぬ夢をこの土地に置いて逝ったことでしょう。

代々、誰かが暮らして守ってきた京都の「町屋」も、完成形はなく、少しずつ改築を重ねて、暮らしやすさと不自由の中で受け継がれていくものだと思います。私もその後に続く京都人として、ちょっと中途半端に「道半ば」までの京都を楽しみたいと思っています。

幕が下りたら生涯が終わります。
それまでは、舞台の上で私を演じたい。
人は生涯でたった一度だけ死ぬチャンスがあります。
悔いを残さず元気を出して、最期まで行きましょう。

●写真家プロフィール
林 孝弘
はやし・たかひろ
1944年京都生まれ。
アートディレクター・フォトグラファー。
グラフィックデザインに携わる一方、十数年間、京都の町の何気ない風景を切り取り、「京語り」「京の七口」というタイトルで写真展を開催。2015年から、空海の歩いた道を辿る「高野への道」を撮り始めている。

装幀 ZUGA
カバー写真 Ⓒ Nishitap-Fotolia
DTP 美創
本文内写真 林 孝弘
編集協力 西端洋子

JASRAC 出 1804698-801

●著者プロフィール

小林玖仁男

こばやし・くにお

1954年生まれ。埼玉県北浦和の有名会席料理屋「二木屋」の主人。薪能の開催でも知られる同店は、祖父(小林英三／政治家・元厚生大臣)が所有していた屋敷で国登録有形文化財。その古い由緒ある日本家屋で、料理のみならず、和食文化を歳時の室礼にして見せるなど和の継承に努めている。店主の顔以外に、著述家として活動、絵や書もたしなむ。郷土玩具研究家、雛人形研究家でもあり、東京・目黒雅叙園の「百段雛まつり」のプロデュースをはじめ、雛による全国の町おこしにも尽力。幅広い視野を持ち、深い思索から語られる講演会は人気が高い。主な著書に、『節季の室礼—和のおもてなし—』(求龍堂)、『歳時を楽しむお料理12か月』(扶桑社)、『運のつぼ77』(ワニブックスPLUS新書)など。

死ぬなら、京都がいちばんいい

2018年5月25日　第1刷発行

著　者　小林玖仁男
発行人　見城 徹
編集人　福島広司

発行所　株式会社 幻冬舎
〒151-0051　東京都渋谷区千駄ヶ谷4-9-7

電話　03(5411)6211(編集)
03(5411)6222(営業)
振替　00120-8-767643
印刷・製本所　株式会社 光邦

検印廃止

ISBN978-4-344-03302-3　C0095
幻冬舎ホームページアドレス　http://www.gentosha.co.jp/

この本に関するご意見・ご感想をメールでお寄せいただく場合は、
comment@gentosha.co.jpまで。